如詩一般的使命

圖 / 妤 攝

風來疏竹　風過而竹不留聲
雁渡寒潭　雁去而潭不留影
沒有莊周的壑達
亦無詩人的灑脫
但紅塵一遭　總該有一些見證
作為人世間最後的巡禮

因為沒有人規定
在生命結束之際
必須是無盡的哀淒
過程　可以很美麗
縱然　形體消逝　靈魂回歸天地
而所留下的印象與回憶
卻是久久不去

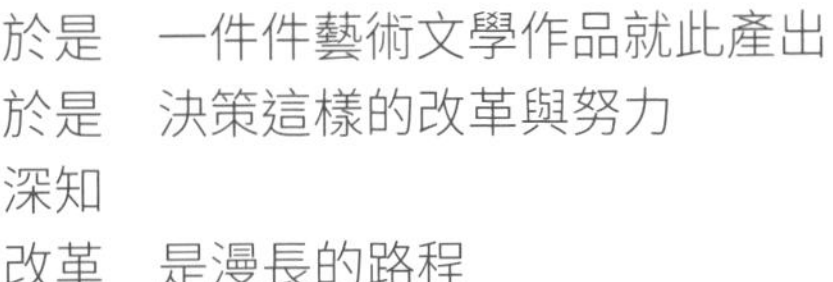

於是　一件件藝術文學作品就此產出
於是　決策這樣的改革與努力
深知
改革　是漫長的路程
創新　是無悔的抉擇

對於傳統殯葬之過程
不僅賦與它全新的面貌
更為它注入全新的生命
在傳承與延續之間
達到最美的使命

～般若～

【推薦序】

我與冠妤的認識說來也是個機緣。107 年 5 月我高齡 95 歲的母親因為感冒不舒服，由安養機構轉到醫院急診室候診，雖然大姊認為是小病要我不要掛念，但或許是母子連心，我心底總懸著一絲不安，於是我在趕往醫院的途中，打了通電話給校內生死系的楊國柱教授，詢問若要協助幫忙的時候，是否有合適的人選？楊教授當時就給了我冠妤的聯繫方式。後來去到醫院，母親身體虛弱，帶著呼吸器，我握住她的手祈求佛菩薩保祐平安康健。但就在院方通知可以轉入病房的時候，母親卻安詳捨報離開了我們。我強忍悲傷撥了通電話給冠妤，凌晨兩點半，她竟然接了起來，給予當時心慌的我一股安定的力量。並且也在掛上電話後，很有效率地把一切事情都安置妥當。而在舉辦告別式的時候，她很尊重家屬的意見，也適時從旁提供專業協助，用同理心去規劃辦理個性化告別式，一切非常圓滿。

誠如冠妤自己所言： 改革是漫長的路程，創新是無悔的抉擇。她打破固有思維，並且別出心裁，在傳統殯葬業營運模式中，注入文學藝術元素，提升台灣殯葬文化涵養。南華大學發展以「生命價值的提升與永續發展」為願景目標，並以「發展身心靈服務產業」為主軸特色。冠妤在本校擔任生死系講師時，將她從事廣告業界數十年的經驗與身心靈服務做結合，加以運用在教學設計上，啟動學生創新創意的能量，也為殯葬禮儀行業賦予新面貌。

詩人席慕蓉《無怨的青春》書中寫到： **我可以鎖住我的筆　為什麼　卻鎖不住愛和憂傷　在長長的一生　為什麼　歡樂總是乍現就凋落　走的最急的都是最美的時光**。死亡無法預習有時也令人措手不及，然而一個人不在了，並不表示你需要切斷與他之間的所有溝通。重建與逝者之間的連結，書寫也是處理遺憾與悲傷的重要方式，也能再次回想彼此最美的時光。藉此達到安生者之心、慰亡者之靈。這本書「用詩祭念你」是把家屬的一些心靈上的感受，用一篇一篇的小故事編成詩集。冠妤希望能夠用不一樣的方式把內心深處的壓抑藉由詩篇釋放出來，讓每一位逝著能夠用最美的方式向生命揮別，也是本提供給目前的禮儀從業人員參考的詩集，並且能加以運用在告別式場上。

綜觀此書，冠妤心思細膩觀察入微，用同理心與家屬互動，建立起彼此的信任感。文字樸實卻蘊含深意，詩文深具溫度觸動人心。我在仔細閱讀後對於幾個篇章有些許感觸，例如在〈**真理**〉篇章寫到：**孩子的哭聲永遠比父母的嘆息得到更多的關注　父母不會忘記孩子放學的時間　孩子却忽略父母盼回家的殷切**。以及〈**百合**〉篇章寫到：**雖然　一針一線偶有溫柔的痛　但仍然習慣　在疼痛中等待**。貼切指出父母與孩子之間的不對等關係，永遠是一方展翅高飛，一方原地守候。然儒家聖賢之古訓《**弟子規**》書裡提到：**出必告反必面**。出入皆要讓父母安心放心，莫等子欲養而親不待之悔恨遺憾。而人們往往看見死亡的悲傷，卻看不見在世者的獨行。例如在〈**等待**〉篇章寫到：**等待想念的人平安歸來　等待中〝希望〞永遠存在**。以及在〈**夏日木棉道**〉篇章寫到：**我不會織棉的，妳應知道　而我的心絲卻織成了網狀**。在那令人悲傷的瞬間，家屬心裡即刻被封印了，取代眼淚與吶喊的是強烈的孤寂感，編織成網漫天而來。只因等待一個無法歸來的人，越過了這山頭，白了頭也天人永隔，從此無人等候。

圖 / 吳淑珠 攝

國際知名的暢銷作家米奇・艾爾邦（Mitch Albom）在巨作《**最後 14 堂星期二的課**》提到：**「死亡結束的是生命，不是關係。」**對於死亡的觀照，可以悲傷，可以堅強，但也可以與之共存，因此透過書寫能與逝者連結。用詩祭念你，也同時療癒了自己。

南華大學 副校長 林辰璋

【推薦序】

以微笑送行的最美告別

國內知名的創意告別式設計規劃師，專業出眾的何冠妤老師，請我為她的新書寫序；我正踟躕之際，看見她自己以詩為序，我就放心了－多麼欣賞她總是這樣別出心裁－**生命中許多的沉重，來到她的手裡，就像天上的雲或大地的水，如此輕盈且自然。**

因此，面對死別，冠妤老師也能有相當別出心裁的思量，規劃一場又一場讓人在溫暖的眼淚中，以微笑送行的創意告別。幾次與冠妤老師互動，不僅提升我個人對創意告別式的想像與期待，更在對話之中看見冠妤老師把生命的意義與關懷，拉高到一個無私而永恆的境界；讓悲慟的生者理解，即使無常來臨，也不會減損生命本質的美好。

期許冠妤老師的創意思維以及在教育界的耕耘與努力，能為華人殯葬文化注入清新的泉源；我也祝福自己及身邊的每一個人，在未來的告別式中，都能擁有甜美的眼淚與微笑，作為現場最莊嚴的妝點，正如冠妤老師多年來所努力的生命關懷。

大仁科技大學 人文暨資訊學院 院長 黃鼎倫 教授

圖／妤攝

【推薦序】

天地間的靈性
原來～不必那樣悲泣！
故事緣起，是該鑼鼓喧囂收場？抑或隨風輕輕掠過……

閱了～
《用詩祭念你》

不自覺～
心寬了、景美了、情收了；曾經賴在那個私藏的清晨、午後、深夜，不再如此沈重。

放心，原來是把美好放在心上！
懂了～笑了～心也安了。
謝謝妳，我的好友─ 般若 / 冠妤

寶島聯播網總台長 / 詞曲創作人 周韋杰

圖 / 吳淑珠 攝

【自序】

思

詩人
在大自然的洗禮下
譜出感人的詩句
忙人
總要在深夜寂靜的沈思下
才能悟出動人的文曲

如果我可以稱為詩人，那我應該屬於很忙的現代詩人（笑），很忙，但很充實，現代人常說的「歡喜做甘願受」，喜歡的事就不覺得累，而且樂在其中，找到樂趣。

從廣告文學藝術到殯葬的生死學，我領悟到幸福快樂過生活的重要。在余光中詩人的〈今生今世〉詩中提到：**我最忘情的哭聲有兩次；一次，在我生命的開始；一次，在妳生命的告終……在二次哭聲的中間，有無窮無盡的笑聲**，大家最希望的就是這中間的笑聲是不間斷的、是可以持續的，因為只要到過火化場的朋友們無不深深感受這文字中的涵意！到了這裡，不管什麼愛恨情仇都灰飛煙滅、一筆勾銷。什麼都是假的，唯剩走過的足跡、烙印在腦海裡的片刻回憶才是永恆。

所以深覺「**快樂**」、「**傳承**」這二件事很重要。我覺得寫詩就是一件很快樂的事，學習用美的詞句傳遞感情，讓自己愉悅，也讓其他共賞的人可以會心一笑，享受進入詩句唯美、幻想的奇境。

小時候除了喜歡畫畫之外，也喜歡寫作，覺得寫作是一種情感的抒發，可以把想像的世界全部寫進去，把喜歡和不喜歡、把高興和不高興，還有把現在不能說的秘密透過文字記錄下來～傳承。很幸運的我，長大後可以繼續用文字來抒寫故事，幫大家記錄永恆、記錄美好的事物。

這本《**用詩祭念你**》是我們工作多年來累積的故事，希望把每個案件中所學習到的，透過唯美詩句，把每一位亡者的故事用簡單、最美的方式一一記錄下來，希望分享給更多的朋友、家屬，還有比我們更忙碌的禮儀師們，也期盼未來的殯儀能注入更多的文學藝術元素，共同提升台灣殯葬文化。

僅將在殯葬業個性化告別式會場設計規劃努力近二十年來的成果編輯成書，用詩句來祭念親人、用詩來談論生死、用詩來寫生命的故事，擺脫傳統對於喪禮的害怕與迷失。願每位亡者都有尊嚴的走完人生最後一程，如同徐志摩的詩「**輕輕的我走了，正如我輕輕的來；我輕輕的招手，作別西天的雲彩**」，用最美的方式告別。

圖 / 阿脩 攝

目錄
Content

目錄
Content

祭念（祀、拜）禮俗探索

孝經曰：孝，天之經也，地之義也。

祭（念、祀、拜），是一項莊嚴隆重的民俗禮儀活動，也是國人固有慎終追遠的傳統文化，所以過年過節總不會忘記祭拜祖先來懷念他們。以達感念孝恩之意。不同的民俗文化、種族、地域，祭品的形式種類也就十分豐富差異，動物祭品如：豬、牛、羊、雞、魚類等，蔬菜植物祭品，雜貨物品，還有衣物等等。在更古老時代和愚昧時代文化歷史中，甚至有拿活生生的人作為祭品；暴亂時期也曾出現過用活人陪葬與祭祀的情況，實在十分殘忍。

祭拜是一種形式，表達對親人的思念，這已經成為傳統習俗文化的一部份，也成為人們心靈重要的精神依託。不僅僅是滿足、抒發和表達對摯愛親人的情感，更是安身心靈的一種約定，大家也習慣在特殊節日來一場安心靈的祭拜（念）儀式。

除了一般有形實質的祭品可以作為祭拜儀式的重要連結，我們是否有想過其他無形的祭品。冠妤從事生命禮儀美學產業 20 年，執行過各式各樣不同形態的專案，每個專案都有它獨特的生命故事，也發現每位家屬都想要「用超越的方式」、「用自己感性的方式」來祭念摯愛的親人。

感恩「天命」讓我接觸到這不凡的事業，讓我智慧開啟找到生命的奧秘，因為多年的服務經驗讓我找到一份極致的祭品，一種精神上的祭品，就是「詩」，它是精神上的糧草，有了它滋養了身心的靈魂，更是一種天然的麻醉劑，讓人舒心愉悅，這份祭品可媲美其他的祭品，因為它沒有保存期限，隨時可取，滋陰補陽，相信是一份人人容易接受的祭品。

一首美麗的詩篇，可以讓人倘佯在美輪美奐的極境，可以漫步在月光裡，更是受傷身心靈的解藥。在唐代詩人王維因身在異鄉，也因重陽節思念家鄉的親人而寫下的一首七言絕句。詩中的「每逢佳節倍思親」更是千百年來廣為流傳的名詩，感動了無數遊子的思鄉之心。

希望透過「詩」來淨化心靈、懷念、祭念摯愛的親人。讓我們把摯愛的親人一生的故事用一首首的詩從鄉村寫到都市、從小河寫入大海、把玫瑰寫入心田、雨天的回憶、陽光的笑容、茉莉的芬芳都一一珍藏下來，願這份最美的祭品「詩」深深的烙印在我們大家的心裡。

思集～你的故事 / 我的詩

藉由每位家屬對亡者的思念、感受到緣起緣落的真實人生、曾經一起辛苦耕耘的心田，把它彙整成一首首的詩集，每首詩背後都有一部部感人的故事。

你的故事，我的詩，在訴說生活中有許多點點滴滴的鎖事看似簡單，其實富含著深奧的意義，並感受到很多重要的話我們都不習慣說出口，總是繞了好幾圈好幾圈又回到心裡頭，回到心裡錯過了最佳表達的時機，我們才後悔莫及。想想，其實就一句：我想你、我愛你、我需要你、請不要離開、我……等等；但我們卻說不出口的……。

這一本書的初衷就是希望將每一段在日常生活中感人的故事分享出去，讓大家有機會知道愛要即時，愛要說出口、愛不能等。並透過每一段的回憶引燃更多內心澎湃愛的話語，並藉由思念讓心靈的玫瑰盛開芬芳滿憶。

觀國際殯葬市場，不一樣的民俗文化；但，可以一樣的詩情畫意，透過詩的文學藝術我們可以創藍海策略，讓每一場追思會更富有意義。

思集文字每一段都是對摯愛的思念，分享給禮儀師及家屬們，也可用於告別式或會場追思區海報設計，海報除了放置相片外，可再加上文字的補充其含意更能表現出逝者的故事性及傳承的意義，以達到安生者之心、慰亡者之靈，也可用於設計製作卡片、小詩集、編輯傳家寶典書籍等；用一篇篇的思集祭念你的親人及摯愛。

作者 /Kelly Ho

心

一首首美麗的詩曲　訴說浪漫的故事

一篇篇動人的文章　傳承幸福的話語

可以用新詩表達心思

可以用文字沐浴心靈

這是何等境界的愉悅啊！

【註解】回到最初的思維，把文學和藝術融入殯葬，找回亡者的尊嚴、更是一種對亡者敬重的昇華。

這才是大眾所追求的莊嚴、典雅，用詩祭念最摯愛的親人。

圖 / 妤 攝

謙

「謙」落入凡間的精靈

謙和、謙讓、謙恭、謙卑、謙……

該怎麼形容你

等了好久才提起筆

怕心靈再次……激盪

怕思緒回不了……岸

由陳至辰肖像授權
圖 / 自由風視覺傳達有限公司提供

回想

是師生、同事、朋友或兒……

一起走過　潮起潮落

因為有你協助　影片創新

因為有你　工作井然有序

以為故事才開始

卻

沒有上演就結束

夜光傳遞刻骨銘心的風鈴

那是入秋的約定

我知道　你沒忘記

秋風蕭瑟　葉落庭院
詠秋詩題　遙送天際

與神同行
是命運的安排
還是早已註定
只能……聽天由命
期待
下一次美麗的相遇

【註解】是緣份、是老天的安排，我都聽天由命。珍惜這份如同子女的親情，只是為什麼這緣份來的那麼匆忙、那麼短暫，內心有千千萬萬的不捨。

阿謙是一位乖順、謙恭的孩子，他是那麼的貼心、得人緣，在公司做事認真、用心，可以談天說地，也可以聊聊心裡，正準備好一起開創幸福生基創新平台，相約入秋的第二個星期會談，沒想到你真的缺席，過不了路口，老天爺就把你帶走，雖無法相信，但還是要接受無常的來臨。你信守著諾言，每天子時後按鈴要找我討論，讓我好感動你對我的承諾，謝謝你沒忘我們的計劃，我們會等你，師父說你是那顆最明亮的天王星，等你到天庭報到完成，就會派執行人員來協助完成我們的夢想，我們很期待，再努力一起創造屬於我們美麗狂想的奇蹟。

圖 / 妤 攝

我

如花似玉的美貌
像圓滿月娘不多時
幾次花開花謝後
攬鏡自照
老花眼鏡裡
那滿佈風霜的臉龐是不是原來的我
胭脂水粉留不住青春
慈悲良善才是真的我

【註解】這是女兒對媽媽所烙下註解，媽媽一生慈善，擁有美麗的容貌及高雅的氣質，個性開朗，每天早上總是照著鏡子，跟自己說說話，不讓子女擔心，習慣一個人生活，但有一群非常好的朋友，一起做善事、一起去旅行，快樂的過每一天，那就是慈悲良善的媽媽。

圖／吳淑珠 攝

影

六點的太陽像升旗的旗面
一下子就爬得好高好醒目
把操場照得暖烘烘又耀眼
剛被推剪在地上的青草堆
還不時的飄傳著陣陣草香味
走在操場 回憶著……
領獎背影 歡笑 那是這輩子的驕傲
時光
如果可以 回到……
一起看
在草地上快樂跳躍找蟲吃的鳥

【註解】強爸爸習慣陪兒子上學，順便到操場慢跑做運動，因為突來的一場車禍，老天爺帶走他兒子。雖然如此，他還是每天同一時間到學校，他說已經習慣，他曾答應兒子要持續運動，不敢偷懶的爸爸相信兒子在天上監督他，陪他運動，不曾離開過。所以他喜歡走在操場上感受那青草味道湧上心頭的美好……回憶。

圖 / 妤 攝

藍寶石

回想
從藍寶石到電視螢光幕
一路　從陽光到星空的月暈
仰望　風不語更顯世俗紛擾

用一生的紅塵舊夢裝置藝術
打造夢的天堂　是你早已預定
燈光幕下　越來越模糊
是為了訣別　而再次糾纏
排隊的長龍　可比龍山寺

擁擠的會場　是您一生的榮耀
熱鬧的街道　劇情難以重演

但　我只想用詩紀念您
雖　大夥說不對味
但　孤獨的靈魂
那　魅力的風采
只有藝術文學
才能塗寫一生的奇遇
陪伴　慢慢變冷的那杯黑咖啡

【註解】人一生的奇遇你總不知會在什麼時間？什麼地點？會遇上誰？

豬大哥是我兒時看錄影帶那年代的記憶，他總是把歡笑帶給觀眾，一生的經歷起起落落，在影界呼風喚雨、提拔無數新人，是一位人人敬佩的大哥。好有榮幸能為豬大哥設計『追思會場』，這也是我人生美麗的奇遇之一，隨著他的眼眶看盡人生冷暖，但他堅持的工作魅力是無人能擋，很感恩學習的路上有豬大哥的導引，讓生死學的藝術文學更寬廣、注入更多色彩、更多元素。

圖 / 中華豬哥亮文化協會 提供

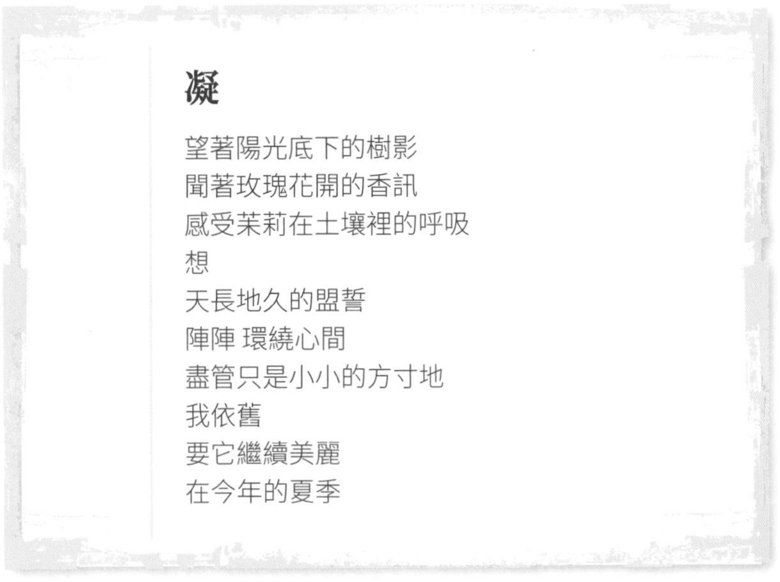

凝

望著陽光底下的樹影
聞著玫瑰花開的香訊
感受茉莉在土壤裡的呼吸
想
天長地久的盟誓
陣陣 環繞心間
盡管只是小小的方寸地
我依舊
要它繼續美麗
在今年的夏季

【註解】深情的(倫、月)是一對論及婚嫁情侶，正當女友風華萬千的時刻，一場大病無情的奪走了她，他們之間有太多美麗的回憶，他說在陽光下有她美麗的倩影、在花圃內充滿她的香氣，在家裡有她甜甜的笑語，雖然她已遠離，但他要讓女友在花園裡種的玫瑰繼續綻放香訊，茉莉越過圍籬，讓今年的夏季依舊美麗如昔。

作者 /Kelly Ho

空

為何未眠
是春雷驚醒美夢
還是雨聲打斷憂傷
習慣依偎
在夢裡找尋
溫暖的希望
輕撫著每一個懷抱
期盼
讓夢境完成夢想
讓思緒放空
淨療

【註解】莉-她習慣依賴著老公，一段美好的婚姻，一對聰穎的子女，對她來説是平凡中的大幸福，等著孩子長大，等著兩人一起享享自由的清福，然而……他倒了，從此沒再起來。她的淚濕了又乾，乾了又濕了，她説：為什麼這麼簡單的夢都不給我。好多次希望在夢裡尋找他的溫暖懷抱，一次又一次，一次又一次……。

圖 / 妤 攝

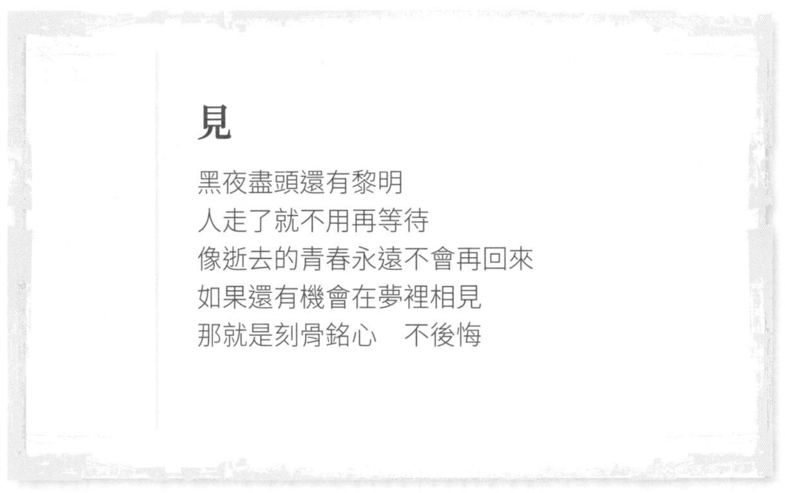

見

黑夜盡頭還有黎明
人走了就不用再等待
像逝去的青春永遠不會再回來
如果還有機會在夢裡相見
那就是刻骨銘心　不後悔

【註解】我坐62樓凝望窗外，看著外海漁船漂浮，聽著故事……她說：柏拉圖曾問蘇格拉底「甚麼是愛情?」通過一段試驗後，原來美好的愛情已經嘗過了，但卻都沒來得及抓住它，任由時間的流逝把我們和愛情流遠了，在往後的日子裡回味「阿！那就是愛情，如此瘋狂又珍貴」。

一段在春天說的故事……

圖 / 妤 攝

日子

從白天到黑夜
從睜眼到閉眼

日復一日
年復一年

從平淡到滿足
從快樂到幸福
有哀　有怒　有樂
陪你牽手過
從春至冬
花開花落
從鹹到甜
潮起潮落

幾句話在心頭
該向誰來訴說
窗外星光依然閃爍
留我獨自守候

圖 / 妤 攝

【註解】他們的愛很簡單，她的口頭禪：老夫老妻了。但劇情卻是浪漫的受不了，從認識到結婚只有3天，第4天起從陌生到熱情如火，他們的人生故事我們可以談一星期，也笑了一整天，她煮飯給他吃，他去外面採野花插在她的耳後，一起工作、一起嘻鬧、偶爾還會鬧鬧彆扭。有了孩子後，他們的愛情溫度並沒有下降，還是人人羨慕的一對模範，雖然偶而也會吵吵架，但他說：這是生活的調味料，要適當的加一下。只是……現在想起那雙溫暖又厚實的手，她情緒澎湃的時刻又能向誰訴說呢?

善田

你說
朋友之交
　可以 淡如水
　可以 涓涓湧泉
　可以 細水長流
如草上露珠
雖然隨著日出而消逝
卻總在最需要的時候滋潤心田
在人生的旅途中能夠相知

你說
是因為聚足了福慧因緣
在感恩擁有的當下
繼續
勤耕善心田

【註解】吳大哥說：是朋友、是兄弟這都是上輩子修來的福，在任何時刻需要你的時候總是在我身旁協助，沒有了你好像斷了隻手，我如何去釋懷你離開的事實，千言萬語放在心底，今生有緣當兄弟，感思你的情和義我一輩子無法忘記！

我會繼續努力拼，等待下一個善緣聚……

圖 / 吳榮哲 攝

真情

黃昏市場一隅的屋簷下
年輕兄妹檔來自內埔鄉村
每日來回販售著當季蔬果
觀其憨厚外表削起鳳梨的專注神情時
倒似在雕塑一件工藝品
他自轉述：「我阿公說～庄腳人
若是肯老實作稼的話就不免怕沒飯吃」
誠哉是言
在世風日下的時代中
還能看到年輕一輩遵循古訓
內心不覺泛起一絲欣慰

突然想著……遠在天際的阿公
您好嗎？

【註解】阿東來到市場看著賣鳳梨的兄妹倆承襲他阿公的生意，認真的表情不輸給他阿公的手藝，難怪顧客一樣排隊的等削鳳梨，此時阿東也想起自己的阿公，已在佛光淨土跟菩薩修行，想起自己的阿公木雕手藝也真是無人能比，望著他們兄妹倆，阿東覺得是該好好繼續努力自己的技藝了。

很棒的畫面可以激勵好多朋友，還有在地的產業及文化事業的確是需要有人繼續傳承願，相信如此我們摯愛的親人一定會在彩虹天際快樂微笑。

圖 / 妤 攝

思愁

烏沈沈的
除了驟雨悶雷之外
整個空間穿不透一絲光亮
突然
大地像沒頂的稻穀
現在連最後一把泥巴也抓不住了
小時看著大雨發笑
大時望著大雨發愁
庄稼泡湯了
此時汗水換成了淚光
凝望
空無一人的穀倉
雨啊！別再下了！
阿爸的辛勞泡水啦！

圖 / 吳淑珠 攝

【註解】小時後在阿爸的田裡光著腳丫踏呀踏，特別是雨濛濛下著時更是浪漫又有趣，我會抓著阿爸的手嚷嚷著要他陪我踏泥淋雨，阿爸的臉上透著一絲無奈卻仍帶著那一成不變的彎彎嘴角，如今雨依舊下著，我好像能懂阿爸無奈的表情了，而那微笑卻是我模仿不來的……。

期待

相識二十八年
來不及說再見
末班火車已駛抵終站

為何不等春天百花綻放
一起尋找那夏日的浪花
曾經期待
漫步秋楓
相約
冬季取暖
為何獨留
霜雪陪伴

【註解】那夜，毓回想著他們的約定，她說：是黃昏點燃一盞浪漫的燈，是海浪激起他們的火花，是微風讓他們互相取暖，是時空讓他們約定三生。但，為什麼不等她上車就已開到終點站，這二十八年的誓言為何只剩我獨自閱覽……。

圖 / 妤 攝

思故

霹靂響雷劃破了天際後
讓深夜裏的雨 聽起來更感犀利
忽然想起
在鄉下園裡築巢的鳥兒
這時一定蜷縮著大發愁
父親的田園 應是水流潺潺
棚架上的絲瓜 是否撐持得住

熟悉的身影 往事一幕幕
晨曦雨停 昨夜的夢境還在心頭

【註解】在都市久了，他說想家了。該是要回來整理雜草叢生零亂的開心農場，回來感受原來在絲瓜棚架下採瓜是這麼爽快的事，他終於懂了，懂阿爸為什麼把它叫開心農場。因為在田園裡踩著冰冰涼涼的流水，他說：真是說不出的快活，這才是真正的忘憂水。

作者 /Kelly Ho

但，在他內心還有一句來不及想跟爸說的話：「阿爸我回來了」。

葉子

音符隨著葉子飄盪美的弦律
滄桑的聲韻陣陣環繞在耳際
愛的言語 穿越了時空
跨過了美麗的彩虹

風兒 靜靜的守候
雨兒 點滴上心頭
鳥兒 傳頌永恆的承諾
花兒 揚起淡淡的笑容
思念 悄悄的走動
如果還有如果
希望在一次手牽手
握緊你的手一起高飛遠走

【註解】認識阿桑是「葉子」這首歌，乾淨的嗓音、獨特的氣質、燦爛的笑容，但總覺得太年輕……。還來不及把歌唱完，還來不及告別粉迷，還來不及完成夢想……就一個人去旅行，是菩薩接妳去修行，還是妳的功課未完成。但……真的謝謝妳的作品，有一半的課業分享了給學界和送行者們喔！他們都很喜歡妳，妳的創意訃文給了大家很多創新的靈感，是學生們研究努力往前的動力，謝謝妳，我們有機會一起為生死學教育努力。

我們會用祝福的心，歡送妳去完成另一半的功課，妳會是天上最閃亮、最會唱的那顆巨星。就讓四月柔柔的微風把一片最美的葉子飄送到美麗的天際。

由黃俊仁肖像授權
圖 / 自由風視覺傳達有限公司提供

真理

生死無法迴避
身軀只是一個暫時租借來的渡筏
聰明才智不足恃
富貴長壽一時間
珍惜 在還來得及的時候
孩子的哭聲永遠比父母的嘆息得到更多的關注
父母不會忘記孩子放學的時間
孩子却忽略父母盼回家的殷切
行深般若波羅蜜多時
如何借此渡筏在苦海中航向智慧的彼岸
才是生命裡最值得追求的真理

【註解】慧法師的書房門口落了滿地的楓葉，師姐引領我進入，在法師桌上看到一疊手札，師姐說你可以隨意翻翻，我輕輕的翻閱，拍拍灰塵，文字吸引著我進入手札的世界，一個下午讓我學習滿滿，好多智慧的話語，其中有一段文章說著：不要害怕死亡，只要精神存在，就可以永生。更說到就三字經文裏的「人之初、性本善」莫忘初衷，其實每個人的心都是善良的，只是偶爾忘了要找回原來的自己，還有慈悲不用找，它就住在我們每個人的心裡，在需要的時候把它呼喚出來隨時使用。一個美麗的下午讓我感受到好多真理原來就在生活中。

圖／妤 攝

百合

母親是生命的搖籃
是溫暖的火爐
是霧夜的燈塔

用愛織出美麗的歲月
用心填補碎裂的情感

雖然
一針一線偶有溫柔的痛
但仍然習慣
在疼痛中等待

誰言寸草心
報得三春暉
母親選好日子
來慶祝這偉大的母親節日
一束香水百合花
願所有母親天天都快樂

作者 /Kelly Ho

【註解】校長說：兒時的記憶，只要被爸爸打，就趕緊躲到母親的身後，那好像是我們所有小孩的避風港，她常說打在兒身痛在娘身，一句話就把爸爸打發了，那是我們敬愛的母親，一晃眼82歲，看著蒼白的臉龐，是歲月的痕跡、是日夜辛勞付出的代價，今天是母親節也是您親自選的日子，是的，該好好休息了！

媽……休息吧！(獻一束您最喜歡的香水百合花)

知足

雨又下了
天有點冷了
埔里夜晚靜悄悄的
鐵皮屋頂滴答響了
交織著風聲
經歷多少歲月的屋舍

凝望牆上的一磚一瓦
貼著泛黃的獎狀圖畫
回憶點滴 您說過的話
再好的壁紙
都比不上這些獎狀圖畫
餐桌上您紅紅笑笑的臉
滿足的把酒言歡
這讓我知道
您說的
人生嘛！快樂知足也罷

【註解】伶姊說：小時候生活不好過，只能靠讀書拿獎學金才有機會讀。所以她很認真，很怕下學期的學費繳不出來，她笑說獎狀都可以拿來當壁紙了，但這也是她老爸最嬌傲的事。因為家境小康房屋也很簡陋，牆壁上的水泥因太久失修隱約還可看到紅磚縫，但遮風避雨沒問題，所以她老爸就把獎狀拿來當壁紙，還會臭屁說這壁紙是有錢人買不到的，事情過了這麼久……她還記得她老爸那得意的笑容，伶終於懂了，這就是所謂的「知足」，因為是金錢無法買到的「快樂」。

作者 /Kelly Ho

寒流

寒風連雨
吹破整片蕉園葉
褪落一身青翠的印度紫壇
這時候真正是柴瘦如骨了
遠處飛來雙翠鳥
棲枝張望向何方
抖動的身軀撐不膨濕羽裳
犬吠野曠
路燈獨佇
草兒累了
花離綠葉
此時此刻
農舍飄浮熱騰騰茶香
溫暖彼此的心房
再次溫杯凝向茫茫煙靄處
您是否也和我一樣
觸動心靈的一方

【註解】很感謝葉大哥的邀約到山明水秀的農舍作客，一進到白色木柵大門映入眼簾的是一大片花圃，真讓人心情雀躍，彷彿發現新大陸，很感恩有機會接近大自然，還有一望無際的水果園，翠綠的小山坡那是葉爸媽的小山地，葉大哥說這原來是荒地，經過他們用心的規劃打造才有今天這樣的景色，他一面說著奮鬥史、一面比劃著遠方的果園，真是無法想像如何靠二位完成這麼大的工程，突然話語靜止，天空中飄起小雨，泛紅的眼眶已分不出是雨還淚滴。此時，農舍飄浮著陣陣茶香，正溫暖大伙們心房……

作者 /Kelly Ho

相遇

淡淡的雲朵　輕輕飄過天際
風的痕跡　掃過田野鄉林

我沒忘記
在花園裏種下玫瑰
在心裏種下一首曲
那是我們最初的相遇

我想
重複地　溫習
用玫瑰點綴香氣　用百合演奏樂曲
回到　最美的記憶

在今年下雪的冬季

圖 / 吳榮哲 攝

【註解】媽媽的午茶時刻，特別喜歡啜飲一杯熱玫瑰花茶，她說有浪漫戀愛的味道，這是她和爸在熱戀期的印記，於是我們的花園裡特別劃出一小區種植玫瑰花，每次媽和爸爸小吵架時就會來到玫瑰花區沉思好久，她說：這是回味當初的美好，也是梳理自己內心波濤情緒的好地方。

此時，望著整理花圃的爸爸，他微笑的回我：今年暖冬…玫瑰花開得特別美，你媽一定好喜歡。對嗎？(我微笑點頭回他)

初二

泛黃的記憶
座落田園的村莊
風吹起波瀾的池塘
任憑年來年走
像日曆撕去一頁頁

舊屋前榕樹
老陳凋謝
隨著歲月的淘洗夙漂在冷風中
猶記兒時
三合院的喧囂聲在耳際響起
外婆的搖椅不停的擺動搖曳
遊言歡笑在耳際
思想起的歌聲
在年初二想起

【註解】那是一頁最甜美的回憶，坐著搖搖椅，聽著思想起……任憑微風吹髮衣，一段段的故事精彩無人比，小時候跟表妹總喜歡拉著外婆講古(故事)，說說她們白手起家的故事，歷史的事蹟，總讓我們覺得不可思議。今年初二看到新搖椅，想起外婆叮嚀的字句，這美麗的故事要大家記得流傳到心房裡。

圖 / 妤 攝

等待

等待颱風過境的浪靜
等待大船入港來
等待黎明曙光乍現
等待中秋月圓人團圓
等待泡杯熱茶　溫酒聊幾句
等待想念的人平安歸來
等待中〝希望〞永遠存在

【註解】颱風過境後又是另一場戰的開打，我們該要謝謝颱風把那場戰的勇士們都圈回來嗎？為家園打拚再造，大船要經得起外海驚濤駭浪後才得以安全回到港灣；美麗的曙光需要漫漫長夜地等待，等愛人、等家人、等思念的人、等一杯熱茶、等一句話，等月圓之夜港邊一杯酒，她說：等待中希望永遠存在，只怕沒得等待……

圖 / 妤 攝

詩句

紅豆生南國
春來發幾枝
此物……
生前你最喜歡的詩句

春天是播種的季節
午後在花園裡
親手栽下了一顆相思豆樹苗
相思豆子表達相思情意
殊不知開花結果將是何年何月日
相隔兩地的情人 默默的痴等
從入春到落葉深秋
就讓感動的美麗留在詩詞裡

【註解】在南台灣的壽山深秋是涼爽的季節，阿立和語情搬到這已10年，很習慣陽光的生活，而語情特別喜歡吃紅豆，也會順便吟一首和紅豆有關的詩來祝興……。

她喜歡在特別的日子到孤兒院唱歌給小孩聽，買聖誕禮品給他們，她說這是她最快樂的時刻，有時也會到車站給遊民一些餐費，她說他們不是真的願意在此行乞，每個人都有他們不為人知的故事，她總是說的頭頭是道。此時的阿立他說：我會持續幫語情做她該做的事，還有希望明年孔雀樹能長出來紅豆，好讓我也來吟詩一首……。

圖 / 妤 攝

心雨

記憶小時候的雨
滴落在屋瓦片間
在睡夢裡來去
而如今
輕脆聲響仍在耳際

昨夜的雨
傾瀉在泥濘土裡
在赤足中冰沁
芭蕉葉獨自搖曳

空見
田野的鳥兒飛過找尋
菜園已過採收季
為何無人理

期待
雨從春天的秧田裡灑落
在秋天的心靈裡豐收

【註解】一路上聽善哥這麼說著：台北的房子如何好睡，就是沒旗山老家好睡，那空氣是台北買不到的。小時候總喜歡雷陣雨完跟著媽媽去採芭蕉葉回來做草仔粿，媽媽的草仔粿是無人能比，肉粽更是有錢買不到的好吃，媽媽在鄉下好像里長母，大家凡事都想找她，好像只有她才能圓滿所有的事務，他笑著說媽媽雜事永遠比正事多，但這是她快樂的生活。

車子才剛緩緩進入庭院，看著新搭的殿堂相片竟然如此華美，是檀香伴著梵音雲遊了秋季，是笑容讓心靈如此安寧～(善媽選擇了秋季)

作者 /Kelly Ho

圓滿

當一切都已過去
在這春日的餘暉裡

圓了生命的終曲
滿載幸福的行李
望那星空的天際

謝謝你給的動力
引領繼續前進
我會懷念
幽幽的山徑
一起散步
濃密的油桐林

【註解】小霞和天是高中同學，一起到上海工作進修、結婚，是人人羨慕的夫妻，目標是到美國生活，所以努力工作存積蓄，希望和霞早日圓夢去。天是超有創意又有責任的老師，研發新科技的產品，為自己國家爭光努力，但老天爺卻在此時招喚他回去，霞如何接受這一切不合理的規矩？她說：我會完成他的半成品，希望老天爺別再跟她玩這種遊戲。

圖 / 阿脩 攝

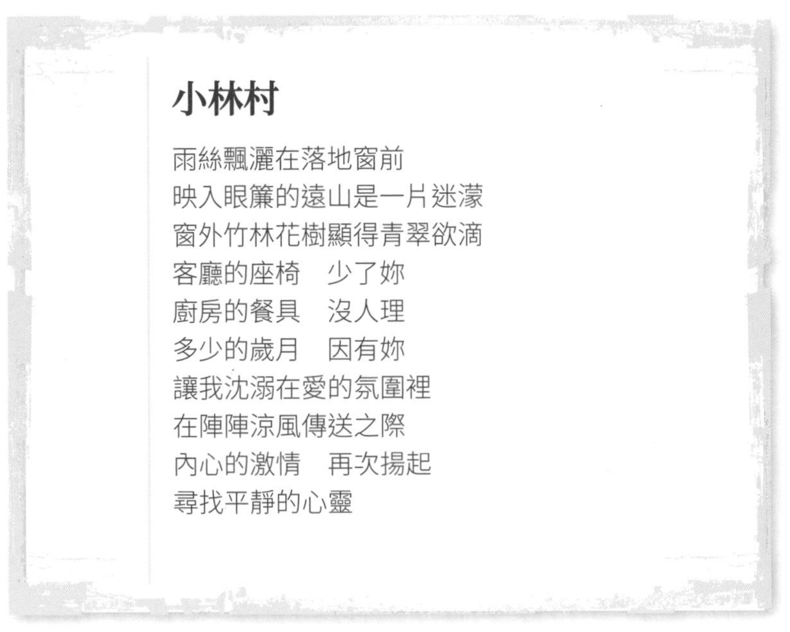

小林村

雨絲飄灑在落地窗前
映入眼簾的遠山是一片迷濛
窗外竹林花樹顯得青翠欲滴
客廳的座椅　少了妳
廚房的餐具　沒人理
多少的歲月　因有妳
讓我沈溺在愛的氛圍裡
在陣陣涼風傳送之際
內心的激情　再次揚起
尋找平靜的心靈

【註解】 這是屬於明和嬌的山竹林，總習慣日出而做，日落而息，過著半隱居的生活，如有客來訪更是喜歡在充滿芬多精的竹林暢飲談天說地，他說：這是他們大自然的快樂廳堂。他們也愛在下雨天手牽著手兩人依偎散步山林中，彷彿小說中浪漫的男女主角。

但，就在明外出的那一天晚上，一夜之間竹林被霧化了……不見了，嬌也跟他捉迷藏去，他努力的尋找，連路都找不著了，他驚恐的高喊：是誰設的局啊！

圖 / 妤 攝

老朋友

老朋友像家人
總是默默支持不求回報
雖然沒有時時問候
卻會在初春的一陣及時雨
憶起我們呢喃的話語

曾經
酸澀的檸檬
苦澀的咖啡
都因桂花的飄落
化解心靈的傷痛

是香味的延申
期待
再次相逢

【註解】是家人還是朋友，早已分不清的界線，因為早己習慣有人關心的感覺，她們最喜歡下雨天來個下午茶，芝蘭說那是小鹿最期待的重要事情之一，因為她們總有說不完的秘密話語。

那天又下起濛濛細雨，望著玻璃咖啡屋裡，她努力尋找坐在窗邊的小迷鹿。

圖／妤攝

夜來香

灰濛濛的夜色下
速維龍跑道還殘留著白天陣雨的水漬
赤足走過一圈又一圈
腳底板傳來一次又一次的沁涼

您常說　人生過了半百後
還能自主改變的可能　只剩下
自己的健康和隨緣的性情吧

汗水滴滴落下　您享受著微風的感覺
每當跑道一隅　再次飄來陣陣夜來香時
遠方的您是否和我一樣
有一種幸福綻滿心頭

【註解】黃昏是阿嬤最快樂的時光，她喜歡光著腳丫在跑道上踏步行走，她說過這是另一種享受、是「天然的足按摩」，尤其是夏季夜來香盛放時，更是最幸福的時刻，是上天賜予大地最美的禮物，讓她身心靈皆被洗禮一番，快樂的笑容總是感染身旁的慢跑員。而如今，我獨自站在那夜來香下，感受花香沐浴洗禮的舒暢，在遠方幸福的阿嬤您是否看見了呢？

圖／妤攝

季節交替

年節花事尚未褪盡
新意初蕊已爭先昂揚
紅花初紅
綠葉爭綠
生機就在眼前延伸

冬走了還留下一道尾巴
拖著長長鋒面
提醒我不要太快忘記
那冬季曾經吹響的節奏音

揀拾殘枝落葉
升起柴火堆
在春寒料峭的假日裡
當做是佳賓來園溫暖的見面禮
總在此時
想起你～

【註解】春霧把木屋潑成一幅油畫，門口的紅花綠葉早已爭先綻妍，這是各路人馬蒞臨的理由。從寒冬到春季，每年春節歡笑勝過鞭炮聲，那是大家期待的目的。但，今年少了你，秋月-開始不適應那冬季的節奏音，懷念廚房佳餚的香氣。她說她必需堅強的擦拭眼角的淚滴，拾起他早已準備好的殘枝落葉，依然為佳賓升起暖意，當做見面禮……。

圖 / 阿脩 攝

夜遊愛河

夜晚春涼
微微風吹皺一彎彎愛河水
讓媽媽第一次遊河的心情為之盪漾
霓虹未歇
微照遊人
河線上夜景迷人
對岸上咖啡飄香
放鬆疲憊的心房

那晚
悄悄話語說不完
您說
因為有我的陪伴

今晚
再踏上舺板
那濕潤的音符
卡住五線譜
滿天的星星關上了窗
垂釣的月光有點昏黃
相思的氛圍一攤
因為沒有您在身旁
安撫我受傷的心房

【註解】茹的媽媽住新竹純樸的鄉下，一直到她嫁到高雄媽媽才有機會到愛河來走走，媽媽以前就一直殷殷期盼著一睹愛河的風采，茹終於帶著媽媽漫步在美麗的愛河畔，她很開心一路上有說有笑，說是因為女兒陪著她，氣氛才對味，她才有安全感。並坐著愛之船遊高雄港一圈，看著她的笑容，茹有說不出來的安慰。

今夜茹再次來到愛河畔，她說風變大了、咖啡香走味了、夜景變得模糊了、閃爍的霓虹為什麼像似一圈又一圈的光暈，眼眶也不知不覺熱熱騰了起來……

圖／妤攝

夏日的木棉道

每當木棉花絮隨著風兒飄颺
一股思念湧入心房
多年來習慣於這一片林園舊地
它可是情有獨鍾的老地方

老木棉樹稀疏葉片擋不住
激射而下的盛夏艷陽
也擋不住內心澎湃的淚光
我不會織棉的　妳應知道
而我的心絲卻織成了網狀

看著微風為妳歌唱
木棉花為妳飛揚
別怕
我的心會如月光
繼續為妳照亮

【註解】老夫老妻可以如此浪漫過日子，還真不多見呢？第一次看見老伯，如現代年輕人形容的，他很文青、很有氣質，說話慢慢的，很好聽，好像詩人，好欣賞他。他訴說著和老婆從年輕到老的愛情故事，羨煞所有人，坐在他們的屋前微風徐徐、木棉花綻放，喝著一杯老茶，突然覺得時空倒轉回到二零年代似的，他說年紀到了就該回去，他請老婆先去佔好位子，等他一起再去看場電影、旅行去。他知道老婆怕黑；所以，今晚特別為她點了盞她最愛的紅色小燈籠，陪伴她。

圖 / 吳淑珠 攝

福壽山之夜

屋外一片漆黑
有幾盞路燈矗立在遠方
夜愈深蟲鳴愈響
山風吹涼了薄衣裳
閃雷劃破了寂靜的夜空
雨　讓心情更顯憂傷
記得那晚
走廊上
大夥笑聲連連不斷
偶而驚醒了一對築巢的燕鳥
你說
夜幕下　是該收拾起歡鬧
好待
明日結伴
到菜園繼續收集歡笑

【註解】秀在大陸做生意，只要回台灣休假總會約兒子和他的朋友一起聚聚，喜歡在她們的山上小屋快樂喝酒、談天說地，再到菜園採收那菜農種的滿滿愛心，她說這是她最期待的快樂假期。

但這次假期，兒子卻永遠的缺席，再也沒人帶著大伙的歡笑聲來參加她的假期，只聽見屋簷下雨的滴答、滴答聲……。

圖 / 妤 攝

叫您香蕉大王

我的故鄉　以香蕉馳名
檸檬也是不遑多讓的
但……造就了
那皺皺的雙手
那黑黑的臉龐
日出而做　日落而息
那辛勤的汗珠
填飽我們的肚皮
那認真的態度
教導堅持的道理
那佝僂的身影
我敬愛的香蕉大王
我崇拜的大偉人～父親

圖 / 妤 攝

【註解】阿志說起父親的巧手，就可開始滔滔不絕，開心的比手劃腳，那是他覺得非常光榮的事。阿志的父親種香蕉種到外銷，還有香水檸檬更是不在話下，是農業的精英、研發高手，只要水果在他的用心照料之下，一定結果豐收。小時候不懂，只知道父親早出晚歸，總是帶著疲憊的身軀回來，寒暄幾句就睡覺去，不多話的父親，讓小孩摸不透他的心。

今晚在這深夜人靜的三合院，阿志回想著：有次深夜睡不著覺正想溜到院子裡吹吹風，走到門口時，父親正在三合院裡的板凳上吞雲吐霧，在月光的照射下他發現了我的影子，「怎麼還沒睡啊？來呀！這裡坐。」，「今年颱風多，不知收成是否打得過家裡的開銷。」父親長嘆了一下，靜靜坐在他身旁的我，用著餘光瞥著他的身影，那是我第一次那麼接近他、那麼接近他的內心世界……。

用詩記錄～
在……遇見……

芬芳的早春
炎熱的盛夏
宜人的秋風
繽紛的寒冬

春來 - 百合、水仙
(幸福、快樂)
夏開 - 荷花、茉莉
(自由、真愛)
秋收 - 桂花、菊花
(高雅、純情)
冬藏 - 梅花、鬱金
(堅強、愛慕)

個性化告別式
謝詞篇
你的故事 / 我的思

在當今的社會形態，我們生活在處處可以創造奇蹟的年代，但好像少了些文學藝術的加持，很高興遇見我崇拜敬重的文學家～葉石濤老師。雖然是在人生最後的畢業典禮才遇見，但我卻感到無比的滿足，有機會為他設計告別追思會場深感榮幸，因為他是台灣文學的國寶，台灣真的需要這麼用心的文學家來豐富人們的心靈，追思會場也因為老師的文學讓整個會場瀰漫在詩情畫意的氛圍裏，感恩最美的緣份～遇見文學家，借由葉老師的詩提升台灣殯葬文化。

葉石濤老師：「夜晚才是我真正打仗的時刻，振筆疾書寫出我內心裡醞釀的各種理性的喃喃私語或慷慨激昂的控訴。」

※謝詞篇～用於佈置追思區的家屬謝詞海報，借由文字的敍述讓來賓更可以了解家屬追思之心、感謝之情以及逝者堅持偉大的事蹟，文字亦可編撰使用於紀念影片製作；緬懷親人的情感，讓亡者有尊嚴、家屬有溫情。

作者 /Kelly Ho

作家應目光如炬
抱有偉大的理想

台灣作家必須要有堅強的台灣意識
才能成為民眾真摯的代言人

台灣作家有像受難的使徒背著沉重的十字架
又像揮矛向風車挑戰的唐吉・訶德

沒有歷史記憶的民族註定是會被毀滅的
拿不出偉大文學作品的國家是受人輕視的

人生和人間皆甚荒謬
因此人應該把領受的命運活得更美滿更豐富

誠實和穎智
是使一個作家的作品成為「永恆」和「古典」的鮮明標幟

台灣文學家　葉石濤

圖 / 郭芳朱 攝

2008 年冬至
涼風徐徐

家父一生熱愛文學
完成無數的作品

他曾提到：
「台灣新文學是現實主義文學，深紮根於廣大的受苦台灣民眾，成為撫慰或激勵民眾性靈的文學。我這一輩子喜歡文學，從來不敢寫違背良心的東西，更不敢寫違背台灣民眾利益的東西」
這是他的堅持～

我們感恩
來自各地的長官、至親好友親臨追思
謝謝您們
因為您們的祝福
讓家父最後一程更臻完美、順利
子

圖 / 阿脩 攝
自由風視覺傳達有限公司 提供

情

春分夜……
半夜涼初透 思念烙心頭
凝視著父親瀟灑不凡的風采
僅管淚水越過了眼眸的岸堤
還是在心裡祝福您

想起爸爸您教誨　點滴在心裡
您的每一個部份　每一個片段
對我們來說　都是學習

我們知曉您對家人無私的愛
雖然許多事您未曾說出口
誠如您對媽媽的那份情誼

而今　您揮揮手
不帶走一片雲彩
縱然有千萬般的不捨
還是將心中遺憾　幻化成祝福
願　您和媽媽愉樂安歇在美麗的天際

圖 / 妤 攝

煙斗老師

夏語透露思念的涵意
回想兒時的記憶
父親像一盞明燈　溫暖我們的心裡

為任教師　春風化雨　作育英才
總是身教重言教　為人處事認真負責
是大家心目中的煙斗老師

雖有千縷的思念及萬般不捨
但　我們會將心中的遺憾
幻化成馨香的祝福　飛昇到您的身旁

在此　感謝各界長官、親友的關懷與協助
讓父親在人生最後的畢業典禮　圓滿、順利
祝福大家～健康、平安、幸福

圖 / 妤 攝

藝術教官

翻開一張張的畫作
看見藝術的蹤影
嗅到文學的氣息
畫作裡的一筆一畫
豐富了我們的心靈

他　認真又風趣
是學生們的藝術教官
更是我們敬愛的爸爸

一生奉獻教育
對家庭付出全心全力
爸爸　謝謝您
讓我們了解生命的意義
身為您的子女
是我們前世修來的福氣
我們會好好珍惜
繼續傳承

作者 /Kelly Ho

以身作則

2009 年難忘的冬季
思念變得如此濃郁

還記得我們曾經的歡笑、話語
一幕幕烙印在我們心底
無法忘記……

我們牽手走過無數個秋
因為有你　讓我覺得好幸福
因為有你　兒女才能長大成器
因為有你　家庭安康充滿樂趣
謝謝你　把家人永遠擺第一
願　來世我們還是好伴侶

妻 品

圖 / 妤 攝

他　低調　樸實
他　熱誠　無私
他　是我們敬愛的爸爸
瀟灑的走完他 58 歲精彩的人生

凡事以身作則　對子女更是用心
謝謝爸爸　您為我們鋪的路
我會學習您的一步一腳印
穩紮穩打　把事業做的更好

也請您放心　媽媽我們會好好照顧
願　您帶著滿滿的祝福
快樂自由在慈光天界裡

子女 安、茹

愛的柳丁

2010 年　盛夏
暖風　微微吹過眉梢
午後的雷陣雨　亂了我們的思緒

回憶著……那慈愛的身影
那美好的記憶
歡笑的話語
一幕幕烙印在我們心底

一生 刻苦耐勞　勤儉樸實
熱心公益　事親至孝
凡事以身作則　一步一腳印
總是把最好的留給我們

女兒還記得讀書時
您帶著親自種的柳丁
到台北來看我那溫暖的感覺
至今還永難忘懷

不論為人處世
還是對家庭的照顧與關心
是您的愛　豐富了我們生命的光采
沒有您　我們不會有今日的驕傲
有句話想告訴您　爸，我們永遠愛您
子女們

慈祥的阿公
個性溫和
飽讀詩書
他 像暖暖的春陽
照耀著我們
他 慈祥的臉龐
開朗的笑聲
一幕幕
深埋在我們心底
我們會將它
好好收藏 永不忘記
孫子們

圖 / 妤 攝

公益天使

那一年的冬季
寒風吹起 拉回記憶
懷念……著敬愛的身影
那淺淺的笑靨　彷彿還在身邊

敬愛的媽媽　美麗善良　熱心義工
總是默默的幫助　捐款給有需要的人
以身作則　樹立好模範
她那慈愛的精神更是我們的好榜樣
老媽　我們以您為榮

願　我們的祝福　幻化羽翼
伴著媽媽回到寧靜美麗的天堂
最後　感謝大家的關懷與協助
讓媽媽快樂的安息美麗星河

圖／阿脩 攝

梅

今年的冬季來的早
玉潔冰心的梅花
提前來報到

圖 / 妤攝

寒風吹起花香繞
回憶笑聲思念烙
凝望燿燦的星空 月光依舊在微笑

千言萬語　一聲梅姊謝謝您
姊妹一場　深深的情已烙印
祝福的話　將寄于美麗天際
快樂歡心　永永遠遠圍繞您

友 妤

活潑、善解人意 一向是您的招牌
而幫助別人　是您一直都在做的事
想您的時候　我會去做做您會做的事

友 玲

昨夜的星光帶著淺淺的思憶
一輪明月訴說著思念的話語
在生命深處　記錄著這一段永恆的記憶
美麗的時光　是上天最美好的贈予
懷念我們在一起的點點滴滴

夫 政

親愛的媽媽
有句話一直想告訴您
我們真的好幸福
因為有您這位美麗的好媽媽

您的開朗　樂觀 對工作的認真
從小您就一直鼓勵、陪伴在我們身旁
讓我們不曾感到孤單
心想
是因為如此　功德圓滿菩薩帶您走嗎
我們真的很不捨
但還是要祝福您
謝謝您給我們滿滿的溫情

也請您放寬心
爸爸我們會好好照顧
願您倘洋在美麗的天空
接收我們滿滿的祝福

凡、塵

圖 / 郭芳朱 攝

摯愛—沈院長

2011 冬季　淡淡的冷空氣
帶來思念的氣息
是疼惜 是不捨
想念我們敬愛的父親

回憶父親的一生　點滴在心裡
他對工作認真負責
一生貢獻在醫界　造福人群
我們將追隨他的腳步
將永遠駐印在我們心底

圖／阿脩 攝
由自由風視覺傳達有限公司提供

Hi Dad
傳說中女兒是父親上輩子的情人
我願下輩子還能繼續當您的專屬美髮師
Nancy

Dear Dad
您是我所認識最有先見之明的人
您告訴過我 哪天您走了　請我不要太傷心
可是我一向對您是孝而不一定順
請原諒我此刻的無法順您的交代而節哀

我從未告訴過您　我去美後長期奮鬥的小成就
幾乎全是為了掙取您的讚賞
我知道您以我為傲
這是我最大的榮幸

活到老學到老　學問永遠可以再多
此話乃完美的形容了您的生活哲學
謝謝您　我們的摯愛
裕哲

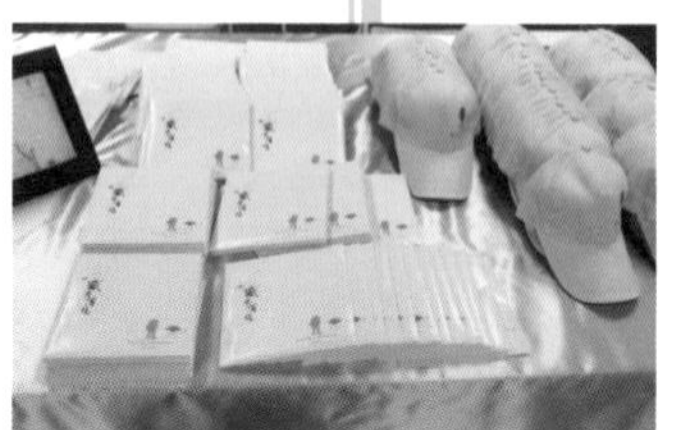

圖 / 阿脩 攝
由自由風視覺傳達有限公司提供

年年難過年年過

Dear Grandpa
還記得我們的約定嗎　香港之旅
我和阿佳好期待喔 但您卻爽約了
我們知道　您是想好好放長假
遨遊神州　雖然不捨 但請您放心
將保護阿嬤的重任交給我們吧

我們大夥孫子們 好懷念
聽您 說的故事　聽您說小時候趕火車上學
吃稀飯加醬油　您的毅力 您的精神
您對待事情的堅持　讓我們好佩服
更謝謝您 讓我們相信真愛

謝謝阿公留給孫子們的座右銘
您說：「人生最怕沒有志氣與遠景，只要堅持目標，往遙遠希望之路前進，成功將在前方等待我們的。」

悲觀的人看到的是機會後面的困難
樂觀的人看到的是困難背後的機會

年年難過年年過
辦法總比困難多

山窮水盡疑無路
柳暗花明又一村

圖 / 阿脩 攝
由自由風視覺傳達有限公司提供

風

嗨！好麻吉
還記得我們共同譜寫的記憶
追逐風的快感　有歡笑　有話語
一幕幕駐留在我們心間裡

在爸爸媽媽的心中
你是一個貼心　懂事的兒子

在同學們的眼中
你是一位熱愛運動
活潑開朗的帥氣男孩

你待人處世的圓融、和諧
將是我們永遠要跟你學的

謝謝您曾經參與我們的故事
讓生命更精彩　更有意義
思念　一頁最美好的回憶
捷　我們永遠愛你

圖 / 妤 攝

當建築遇見詩人

無懷為淨業　但願了餘生
破繭化蝶　羽化成仙

夏夜的微風　拉開序曲
拂不開思愁　點點滴滴
凝望星光　陣陣思緒湧入心坎底　無法忘記

大江東去浪淘盡　千古風雲人物
思念一代建築大師
「一磚一瓦一世情 一筆一畫垂千秋」

由張家綸肖像授權
圖 / 阿脩 攝

爸爸一生才華洋溢　文采風華
開啟建築事業璀璨的成就
熱心社會公益　無私奉獻
投入震災搶救與災後重建
為台灣建築師爭取國際舞台
APEC更是經典之作

細緻不凡的品味 浪漫悲壯的情懷
文采翩翩以「弘二大師」自詡
靜默 嚴謹 謙卑且富有遠見　浪漫風趣
高風亮節的風骨　寬厚仁慈的風度
細膩緜長的情懷　信手拈來的文采
總是以身作則　是我們偉大的好榜樣

讀了弘二手札　我們深知 爸您
字字句句寫心頭　不讓哀愁給我們留
我們永遠懷念您　並將您的精神繼續傳承

甜蜜

夏日
午後的雷陣雨　絲絲落在草地
空氣中　盡是瀰漫著點點思憶

凝望著　您建築的每一個作品
都有　爸爸慈愛的身影
為人豪邁　講義氣
親切　誠懇　熱心公益

教育子女　言教身教雙並行
是我們最好的榜樣　對子女更是用心
謝謝爸爸　為我們鋪的路
我會學習您的突破逆境　克服萬難
穩紮穩打　把事業做的更好

爸　我們好想您、好愛您

子女們

圖／妤攝

親愛的老公
謝謝你
牽手陪伴走過的每一片足跡
相知又相惜
懷念那美好的甜蜜回憶
願　來世我們還是神仙好伴侶

婆小仙女

跟往事乾杯

圖 / 妤 攝

難忘的入秋
楓紅的微風飄飄
是我們好友相聚的好時刻
回憶著……
我們大伙一起辦案、一起摸魚
一起歡樂、一起快活
有你有我　並不寂寞
不管事世變幻如何
你永遠是我一生的好朋友

好友們

我的最愛
第一眼見你
就似曾相識的感覺
你有著不凡的氣質
俊秀的臉龐
幽默逗趣的談吐
真心誠懇的態度

難忘
我們一起白手起家的點滴
遊山玩水踏遍各地的足跡

你是個好人
我和兒子以你為榮
也謝謝你送我無價的禮物
我們的寶貝
請你放心　我會好好教養
了却你未完成的心願

妻 蘭

親愛的爸爸
我不懂　為什麼您一直在睡覺
為什麼 要被關在裡面
我希望您快點醒來 好嗎

我聽伯伯、叔叔、阿姨說您在天上了
快快樂樂沒病了

所以我會認真讀書 乖乖聽話
孝順媽媽
爸爸我愛您

子 行

家

微微的曙光　照耀著夏日的山丘
熟悉的青草香味　熟悉的勉勵話語
如何再一次回味　再一次溫習
您給我人生的哲學課題

父親就像是高聳的大樹
屹立不屈　卻不時微微低俯
靜靜地　守護著這個家

您的愛　如海一般的浩瀚溫暖我們心房
您是我們人生的活字典　處世的教科書
更是我們人生的導師

我們會依循您諄諄的教誨　繼續傳承
譜成人生最美的樂音

圖 / 阿脩 攝

博仔

阿爸　自小為了分擔家計
除了幫家裡耕作務農　甚至外出做學徒
到自己開店做生意、做投資

他為人熱心、個性好
社會經歷相當豐富、見識廣博
大家都叫他「博仔」　因為他是大家心中的博士

阿爸這麼辛苦奮鬥、勤勞節儉　攏是為了這個家
他有時較晚返來　也不甘在外花錢吃飯
為的就是多存一點錢

還記得考大學那年
阿爸問阮為什麼都在外面看書
阮講因為家裡太熱
那晚　房間就多一台冷氣

大哥未滿十八歲時　說他要一台偉士牌
阿爸再多辛苦　也是買給他

還記得
阿爸的床下　總放著一箱康貝特
小時候都以為是阿爸把好東西藏起來
長大後才明白　他幾乎是用健康在換金錢

圖／阿脩 攝

阿爸
您對阮的疼惜
阮會一直放在心內
能做您的子女　是何等幸福啊

蚌與珠

無法消除那創痕的存在
於是　用溫熱的淚液
您將昔日層層包裹起來

那記憶卻在您懷中日漸
晶瑩光耀
每一轉側　都來觸到痛處
使回首的您蒼然老去
在深深靜默的　海底

圖 / 阿脩 攝

最初

你走的那一天
天空為你撒下的一片濾網
你走的第二天
我看到了脫俗的天真與瀾漫
我終於知道
我眼中的不捨來自於何處

原來在成為朋友的最初
那份屬於你特有的天真與瀾漫
善良與感性
早已深植我心中
可奈凡塵俗事
弄髒了我們最初的感動
原來這份不捨
由來已久
讓我獨自一人時
不禁潸然淚下

好朋友
不要輕易忘記最初的那份感動

圖 / 阿脩 攝

菊

望著熟悉菜園
有妳烙印的足跡

想著有妳的日子
曾在我心靈編寫詩句

此刻只能把深深的思念
託付流雲帶去　給遠方的妳

希望妳為它譜上新的樂曲

圖 / 妤 攝

茶香

庭院飄著高麗菜乾的香味
彷彿回到我們歡樂的歲月

習慣屋內的茶香　陣陣
句句的教導 猶記
我將用一生來學習
媽 您的愛心

圖 / 妤 攝

嚴校長

初冬的記憶
喚起思念的心
敬愛的嚴校長　凡事以身作則

默默耕耘　實事求是
時時關心同仁　處處照顧學生
才德兼備　是我們眼中的巨人

您的人生像一本本的詩集
如時代的永恆備忘錄
一再的被翻閱典藏
懷念　直到永遠

圖／妤 攝

執子之手與子偕老

夕陽緩緩沉下
捎來了淡淡的離愁
一季的花開　一季的花落
道盡了生命的無常

看著泛黃相片上
寫著：
執子之手　與子偕老
心有股暖意

不善言詞的父親
用愛堆砌堡壘
讓我們衣食無缺

體貼的父親
用他的方式　寵愛著我們
直到生命最後的那一刻

我們只想說
爸　好想再牽一次您的手

圖 / 阿脩 攝

用心

秋楓掛滿山谷
粧點濃濃詩意

許多的背影
不只停留在泛黃的照片裡
還有山林滿載的回憶

他受日本教育
他勤儉　他務實　他愛家
他 是我們敬愛的父親

白手起家
記憶中我們住過草房
開過雜貨店
賣過礦油
經營高屏區農藥總經銷
粗糠工業
燦和食品工業股份有限公司

父親用心譜寫著
他一生精彩的故事

用心
為家庭付出
對子女栽培

是您的關愛
豐富我們生命的光彩
沒有您　我們沒有這份榮耀

圖 / 阿脩 攝

望雲之情

月光流過整條河
照映著母親依稀的溫柔
思念穿越川河
帶著我們最情深的問候

您的溫情　您的身影
種種往事　件件清晰
回憶將是我們～今生最珍貴、最甜蜜的禮物

圖 / 阿脩 攝

那一頁最美的回憶

記憶的微光薰染心房
寂靜的長夜　憶起……

敬愛的爸爸
自幼天資聰穎 研專中醫及風水
愛好太極 、國劇、文學
是一位英勇的醫官

有您的日子
總是有說不完的歡笑與醫學專業

謝謝您的諄諄教悔：
光陰一去如流水　只能留去不留回
少年不知勤學好　老來方悔讀書遲

爸　再次謝謝您
我們會將您的故事
譜成永恆的詩歌
烙印在所有愛您的人心裡
願　主無盡的恩典
繼續歌頌　永不止息

作者 /Kelly Ho

農業精英

春風徐徐　吹拂著臉龐
陣陣思念湧心房

一聲鉢響　一滴淚光
一聲梵音　一片影像

我們的模範爸爸　畢生投入農業世界
是位充滿睿智的的拓荒者

傑出的貢獻與功績遍及海內外
是出類拔萃的農業菁英

投身於農技之餘
不忘熱心服務鄉里　推廣網球運動

對於子女教育的重視與栽培　更是不在話下
是一位古道熱腸的慈愛長者

有機會與您一同登上國際舞台
是我們畢生的光榮
我們會一步一腳印繼續追隨、傳承

圖／妤 攝

煮飯的牽手

昨晚
一暝無睏到天光　想妳甘會思念我

這幾年　因為我的病痛
乎妳加倍的付出心神

因為有妳的照顧
乎我嘸免煩惱厝內的大小項代誌

失去妳　我就親像斷線的風箏
不知要飛向叨位去

感謝妳陪伴我的這段日子
阮真正嘸甘　嘛真正不捨

妳甘擱會記得 每一擺
我喝到八分醉的時陣所唱的主題曲
今仔日　就藉著「香港戀情」這首歌
代表我對妳的思念甲感謝

妳不在的日子　我會堅強　嘛會保重
同時嘛希望妳最後的這段路　平順
快樂跟佛祖走

圖 / 妤 攝

懷舊的樂曲

用愛的顏色
柔美的樂曲
茉莉的香氣
點粧這華麗的音樂廳
在我們的日記
寫下的這一刻叫　回憶

許多的記憶不只停留在
泛黃的照片裡
還有留聲機
那頭傳來望春風的聲音
懷念的旋律

很想告訴您
謝謝您
過去帶給我們歡愉
您的關愛聲音
給我們很大鼓勵
這一首首懷舊的樂曲
我們會收藏在心房裡

圖／妤攝

你的名我的詩

用名字來寫一首詩，是課程必須要做的功課之一，希望透過詩詞來歌頌摯愛的親人、緬懷他們、做為傳承的典藏，在我的第一本書《個性化告別式會場規劃範例與設計》裡提到，如生照的製作與意義，從一張不被重視的遺照到如藝術般的如生照，讓很多人打破對殯葬陰森害怕的看法，也是台灣第一位把藝術和文學的IDEA融入殯葬美學設計，希望藉由藝術和文字讓遺照可以如同一幅幅美麗的畫作。

〈你的名我的詩〉的寫法如藏頭詩，藏頭詩在詩歌中是一種特殊形式的詩體，它以每句詩的頭一個字嵌入我們想要表達詩中的一個字。全詩的每句中的頭一個字又組成一個完整的人名或一句祝福的話語。但藏頭詩涵義較深它有一個重要特點就是押韻，押韻是詩歌的重要特徵之一。一般來說，詩歌的一、二、四必須押韻，詞義對仗工整等等。但我們不是每一位都是詩人、國文科系出身的學者，所以不用為了寫一首詩而頭痛，〈你的名我的詩〉重點是珍藏、傳承保存，寫出屬於我們的故事就可以，也可以用新詩或在一小篇的小品中嵌入名字融入在詩文中即可，在中華詩歌百花園裏就是如此，除了常見的正體詩詞以外，也有另類詩歌、詩集、雜體詩詞等等，只要詩體是融入思想性和藝術性，都是一份值得大家珍藏的傳家詩集。

分享不一樣的註解方式，供大家參考。所以，別害怕，提起筆，為摯愛的人寫首詩吧！

圖 / 吳淑珠 攝

林成杏壇摩仁義　儒門授書參正氣
憲章文武述堯舜　藍田禹穴藏書地
治學育才功社稷　苑裡小雪覓足跡

【註解】林爸爸苗栗縣苑裡鎮人，新竹師專/台中教育大學中文系畢業，任職藍田國小總務主任，個性嚴肅，但也有年少輕狂的一面，喜愛閱讀、勤習書法，全心全力栽培小女，到過30多個國家，一生待人以誠、做人以真、律己甚嚴。

*治學嚴謹。講述先聖賢人堯舜之道三皇五帝之制。在我國被稱之禹穴的有二處：其一在四川北川縣九龍山下，相傳大禹降生於 此；另一處位於浙江省紹興市東南6公里的會稽山麓，據《墨子》、《史記》等籍載，是古代治水英雄——禹的墓穴所在。二地相距數千公里，同為禹穴，正是生於斯死也於斯。相傳禹於此得黃帝之書而復藏之。

由連帟滕肖像授權
圖 / 自由風視覺傳達有限公司 提供

陳淵原

陳窗夙夜憶溫情　苗魚吹浪起波心
淵澄取映因達人　岳峙古今頌良寯
原清流清果相循　樹木樹人耀龍門

【註解】依舊佇立在老家窗前，想念起父親從前對於我們的恩情，餘波盪漾，連池裡的魚苗也感念父親的養育，得知父親已逝世的消息，不禁紛紛向天呼喚，因而掀起陣陣波浪。

父親的人品靜如深淵，卓立如山岳般的崇高，足以讓後人千古讚頌他的顯貴與才俊；就因父親是如此的清高，所以成就了美好的善果讓我們遵循，更讓父親所重視的教育志業能得以繼續傳承、莘莘學子個個都能魚躍龍門。

作者 /Kelly Ho

李桃滿結有情天
母恩涵澤子孫賢
涵心芙蓉亦藹然
笑嫣世塵留人間

【註解】母親往生至滿結蟠桃、仙李的天界裡，過去因為有母親諄諄教誨，所以成就了滿門的賢能子孫，此精神足以流傳後世。母親包容、寬宏的心，和她平易近人與和藹可親的態度，如同池裡蓮花出淤泥而不染的高超志節，時常勉勵著我們。

而她慈祥的笑容與美麗的倩影，永遠流傳在世間子子孫孫的心裡。

圖／妤 攝

連鏜明

（疊字詩）

連連枝同氣、赫赫夢花頁
公公正不阿、謙謙才亮節
鏜鏜鑼聲響、樂樂裔辭別
明明桐花月 、紛紛雨白雪

【註解】(樂（ㄧㄠ）　樂 （ㄩㄝ）　裔辭別)、(特別用〝月〞有三層用意(〝月〞讀ㄖㄨˋ) 1.是桐花月份　2.提醒後代子孫連公對於豬肉加工肉品的成就 3.暗喻血緣關係如同心頭肉般的親情)

連府的兄弟姐妹感情和睦相互友愛尊敬，在苗栗地方上譜寫了顯赫聲名的一頁。連公鏜明先生公正不阿從有原則不逢迎諂媚，謙虛而嚴格要求自己，生前才識名望創立偉大的風範，有高尚品格氣節堅貞美好的德行。鏜鏜的鑼聲接連響起，我們要用美好的樂音向偉大的父親送別。明明應該是光亮奪目的桐花開滿了整山城的景色，無奈清明時節雨紛紛的情境好似桐花都翩翩落下雪白的眼淚辭行。(苗栗縣府日治時期地名「夢花莊」)

由連帟滕肖像授權
圖 / 自由風視覺傳達有限公司 提供

黃月月月圓　白日日日長
陳述舊時曩　如今天一方
素願慈母行　中秋共賞望
妙談已煙霞　情真愛同樣

【註解】人生如同月圓月缺一般無常，自從媽媽走了，日子似乎一天比一天過的更漫長。

回想敘述著過去美好的時光，如今卻人事全非、天人永隔。我想我最大的心願就是跟媽媽一起賞月一起分享快樂，享受這樣的溫馨而已。

如今這樣齊聚一堂的心願只能在夢中實現了，不管媽媽身在何方，她對我們的愛都一樣不會改變。

圖／妤攝

蘇花瓊田泣九地　辭根天涯語儘其
青士傳家頌俊乂　孝悌忠信流不息
正氣歌唱效天祥　光風霽月現雲霓

【註解】形容大地的植物感動都為父親的離去哭泣，子女對於父親有道不盡的話語。俊秀有才能的父親清廉而志行高節是大家所稱頌的孝悌、忠義、誠信，留給後人是希望能夠永不停息的傳承下去。

父親的個性正直，且又喜愛唱歌，唱起歌來猶如文天祥的正氣歌般的宏亮、正氣；雨後的天空清明，出現的雲霞彩霓，好似父親的人品高潔，胸襟開闊像天晴時的和風，像雨後皎潔的明月綻放出光彩。

圖／妤攝

張簾客家依舊樣　傷時瓊淚堪尋訪
盛景靈山美濃莊　安身立命落原鄉
興頑立懦為社稷　忠則盡命保家鄉

【註解】張先生為美濃客家人，是位盡忠職守的警官，一生為家庭、為國家、為人民人付出，是人人敬重的長者。子女們個個以父親為榮，傳承父親的使命，依然繼續保衛國家。

美濃稱客家原鄉。
安身立命：身體和心靈皆有歸宿和寄託。落：村落。
忠則盡命：忠於國家用盡生命來付出。
興頑立懦：使頑貪、懦弱的人都能改過自新努力向上。

圖 / 吳榮哲 攝

因我們神憐憫的心腸，叫清晨的日光從高天臨到我們，要照亮坐在黑暗中死蔭裏的人，把我們的腳引到平安的路上。

— 路加福音 1 章 78-79 節 —

生平事略 - 參考篇

人生到最後一刻呼吸停止了才定稿，每個人的生命宛如一張薄薄A4的白紙，每天的生活是我們生命的原創作，這份生命的原創與一般的文章有所不同，一但寫上就不可能塗改。重要的是，沒有人知道這A4的紙可以用多少張，更預測不了哪一張才是最後的一頁，但我們都知道內頁的精彩度是自己可以決定的，透過每位為人子女的分享，我們終於知道愛真的不能等、用愛讓我們的生命更加精彩，並要堅持生之勇氣，樂在每一天，我們仍可在最後一頁譜寫上讚歌，讓生命的光延續。

生平事略的表現及寫法，可先進行採訪家屬，了解亡者從小的出生地、求學時期、工作或事業打拼的過程、還有戀愛史、子女們的教育、特殊才藝、一生的理念及座右銘等等；先作草擬、經過家屬們的潤稿確定，再進行排版、更可加入圖樣及相片的設計增加珍藏的價值，選些特殊的相片會讓閱讀者會心一笑，或者引人熱淚、感動心靈。

除了平面更可製作成影像的方式來呈現，更顯生動。生平事略是簡寫人一生的傳記縮影，描述亡者生命歷程及對社會貢獻作出總結和評述，讓來參加告別式的親友、來賓可以透過子孫或司儀的歌頌，了解亡者一生的事蹟或他們功成名就，回顧青春歲月、美麗的故事。

圖／妤攝

我的父親是農夫

民國三十四年陳公立源老先生生於嘉義(諸羅山)大林鄉，家中兄妹六位中排行老三。日據時代接受小學教育，讀畢國小本想再繼續唸書，限於家內兄弟眾多，為減輕家計負擔，遂放棄繼升學初中，自願幫忙家計務農，終其一生奉獻農業，無怨無悔。

圖 / 阿脩 攝

民國四十五年，陳公與同鄉隔壁村林淑雲女士結為連理，夫妻恩愛，同甘共苦，營造幸福美滿家庭。淑雲女士賢妻良母，勤樸持家，成為陳公立源事業最得力幫手，也是教育兒女有成的幕後功臣，同為鄉里羨慕的美滿成功家庭。

陳公立源育有二男三女，在務農環境生活不甚寬裕下，為讓兒女接受良好教育，陳公無論日頭赤燄或寒風刺骨或大雨淋漓，仍勤奮幹活，一心努力賺錢，不忘栽培兒女，期盼兒女能出人頭地，毋負父母期待。而今五位子女不辱父命，大都完成良好教育，成家立業且擁有不錯職業，陳公因此獲得模範父親楷模。

長男永安，先通過高考及格，並獲得優等狀元，曾任職於交通部。後再取得台灣海洋大學博士學位，現任職於中鋼運通公司，並在大學教授實務課程，嘉惠學子。次男銀康，現任職於中油公司。長女玉英，在台北經營生意，次女玉蘭為傢俱公司，常代替兄弟姐妹就近照顧父母。叁女玉梅，高考及格，任職於郵局。

陳公一生務農，種植水稻及柳丁。回顧一生，農事專業經營頗努力成功，教育兒女每人皆有正職，雖不算飛黃騰達，但亦值堪慰，也能交代祖先，希望後代子孫兢兢業業，為社會盡心力，如此應值慰藉陳公立源老先生在天之靈。

思念篇

作者 /Kelly Ho

南風微微斷情思
葉離樹枝隨風去

身下的厝前
黃昏日頭
照在厝前的田埂路
看著穿蓑衣的作習人
給阮想起母親
一世人為阮勞苦打拼
阮不咁 阮不咁

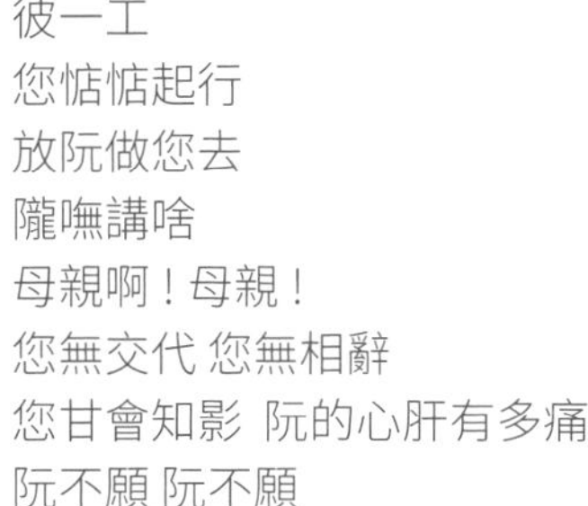

彼一工
您惦惦起行
放阮做您去
隴嘸講啥
母親啊！母親！
您無交代 您無相辭
您甘會知影 阮的心肝有多痛
阮不願 阮不願

母親啊！母親！
阮知影您已經安息置喜樂的所在
置那沒煩惱甲病痛
您也放落世間一切勞苦重擔
願您平安行
阮會永永遠遠思念您〝媽媽〞

母親的故事

民國 28～106

民國 28 年

由楊宗翰肖像授權
圖 / 自由風視覺傳達有限公司提供

馨柔女士於民國 28 年誕生於農業年代～台南醫師望族世家，為家中長女，下有兩位妹妹與四位弟弟，生活在簡樸溫暖的家庭。

青春年代

民國 43 年就讀於台南女商（現今國立臺南家齊高中），畢業後為了協助家中辛苦行醫助人的醫師父親，自願留在家中診所幫忙，她親切招呼及救濟窮苦病患，許多病人都以為她是診所的護士長呢！

美滿家庭

民國 54 年，經由姨丈介紹媒言，嫁給家道清寒卻是年輕有為的楊文雄先生。當時楊文雄先生也是家中妹妹的家庭教師。所謂：近水樓台先得月，成就美好的姻緣。婚後育有二子，馨柔女士在家相夫教子，照顧婆婆，讓擔任長興化學工業股份有限公司董事長的先生無後顧之憂，締造幸福美滿的家庭。

簡歷

長興材料工業股份有限公司 前董事長楊文雄夫人
國際蘭馨交流協會常務理事、第13屆會長
高雄市倫理教育學會第12屆理事長
感恩佛堂創辦人
高雄市第13屆模範婆媳
馨願肉骨茶美食坊 負責人(協助單親媽媽的職場)

樂善好施

她從小就跟著阿嬤習佛，父母也是樂於助人，在耳濡目染下，賢妻良母的馨柔女士在扶持家庭之際，仍抱持著感恩的心服務社會，她的人生座右銘是：「量大幅大」。所以在先生的支持下從事許多社會公益活動，如舉辦捐血活動、幫助窮苦家庭及學生、送米到偏遠學校等，拋磚引玉讓更多人與她一起共襄盛舉。她也總是身體力行慷慨解囊，熱心公益不落人後，是一位讓人讚嘆不已的活菩薩。

太極門的緣

馨柔女士因車禍後服用過量的中、西止痛藥物，導致腎功能萎縮，身體健康每況愈下。孝順的兒子和媳婦帶她到太極門練氣功，讓她的身體及氣色有了很大的改善，她非常感恩師父洪道子博士傳授的功法，慶幸自己能在太極門鍛鍊身心靈及健康，找到生命的第二春，因此，可以繼續從事社會公益活動，貢獻心力為更多人服務。

遇見彩虹

離別的時刻，總是來的特別快，一個多月前，因洗腎不幸感染病菌而緊急送往台大醫院，在醫療期間她仍保持著過人的生命力，雖終敵不過病魔打擊，仍在摯愛的子女及親人隨側陪伴之下，跨越美麗的彩虹，安詳投入佛祖的懷抱。

圖 / 妤 攝

慈愛光輝

綜觀馨柔女士八十年精彩的人生旅程，為子女、為孫輩、為家業、為社會，真情無怨的奉獻付出，平凡中顯現至高母儀的光輝，無窮盡展現她生命的最大價值，她將是我們心目中永遠最佳楷模。

咱安呢思念汝

回頭一個看親像沙埔的頂頭
二個腳印安彼端走過來
腳印愈來愈大　愈來愈濟
到今馬 80 年啊
爸爸　咱安呢思念汝

汝小漢時準　小學每學期功課攏總第一名
初一你嘛是第一名
那一年阿公　受用寒肺炎過身
汝就無法度擱再讀冊
開始過著賣覓件　追火車的日子
一擺　汝被搧嘴皮　造成重聽
好多擺　汝被拿覓件　毋付錢
倒來厝　阿嬤就佮汝打伽　躲在神明腳
阿姑　講汝小漢是歹命兒
爸爸　咱安呢思念汝

蓬萊糖廠董事長　疼惜汝
佮十三四歲的汝　帶來燕巢尖山做工友
有一暝　重感冒　想起北港歐卡桑
偷偷躲著棉被內在哭
想著歐卡桑守寡　縫布袋賺錢
汝嘛擔起愛照顧四個妹妹的責任
毋錢照顧　小漢姑分給人
伊大漢攏講毋怨嘆
爸爸　咱安呢思念汝

後來汝讀補校　安工友
總務主任　會計主任

圖 / 郭芳朱 攝

練出一手好字　好算盤
一直到出來幫人記帳
怎樣安日式會計變美式
攏是汝　一路認真自修自學
爸爸　咱安呢思念汝

到咱小漢時準
汝攏佮我講　汝爸小漢欠栽培
嘜給恁讀冊就愛認真讀
冊內有一課　講天這麼黑　第這麼大
爸爸賺錢去　為什麼還不回家
每一暗　來福遠遠聽著汝的機車聲
就旺旺沖出去迎接
咱攏乖乖撫黑白走
那像四隻細隻狗踞著門口前
爸爸　咱安呢思念汝

時間一日一日過
我讀大學時　思考著　人活的理由
咱坐火車內　我問汝
人活著世間是有什麼意義
汝目珠金金佮我看
汝嘜考汝老爸嗎
當時　無給我答案
爸爸　咱安呢思念汝

76 年阿嬤過身
過年後　否極泰來
我上研究所
聖富考著會計師
汝請人客放炮啊

圖 / 郭芳朱 攝

那一天　汝喝著恭喜恭喜
喝佮醉茫茫
心內久年的願望
有子孫來達成
爸爸　咱安呢思念汝

多年了後
汝的子女一個一個結婚
孫子一個一個大漢
汝借望的崇誠大樓嘛落成啊
2000 年汝被推選全省模範父親
原本毋給汝操心的我
一直沒結婚　開始給汝最操心
汝不是講婚姻是一世人　要好好找嗎
後來 我在沒炮聲的日子結婚
汝的身體嘛開始漸漸不好
爸爸　咱安呢思念汝

有一天
汝突然間對我講
汝夢見我五子登科
我指著屬豬的家後
按呢汝愛變豬母哦
到今馬　想起汝當時的借夢
佮看著汝子孫對汝的思念
我突然間知影汝人生意義的答案
汝什麼都沒啊
汝用一生的全部攏來照顧咱
咱就是汝的意義
爸爸　咱安呢思念汝

汝二個後生
本來攏希望幫助汝　健康起來
講出汝可以佮咱　世界到處去旅行
人生的無奈和無常
給咱不斷的學習
彼一膜　想起汝過去講的話
心肝頭酸酸
爸爸　對不起
爸爸　請原諒
爸爸　多謝汝
爸管　咱愛汝
爸爸　咱安呢思念汝
爸爸　咱安呢思念汝
爸爸　咱安呢思念汝

兒 聖博

由黃聖博肖像授權
圖 / 自由風視覺傳達有限公司提供

家父 - 富哥

我們敬愛的父親，突然離我們遠去，我們雖不願接受這個事實，但也不得不面對生離死別的悲慟；想起過去父親對我們的諄諄教誨，如今我們僅能從追思中喚起回憶，以表達父親對我們的恩情。

家父張富，民國二十年九月十三日生於台北市，祖父張阿生，祖母張徐珠，兄弟姊三人，家中排行老大。自幼節儉勤奮，性本俠義，慷慨交遊，富同情心，深得長輩疼愛，年少求學畢業於日據時代之公學校。當時日本統治，台灣生活不易，故小學畢業即需外出謀生協助家計。

父親喜好結交志同道合朋友，重視朋友之情，常教導子女對朋友要重義輕利，與朋友交心，因此，朋友如有困難，首先要找的就是他們敬愛的「富哥」，父親成了朋友口中的好人。

父親生性克勤克儉，侍親至孝，律己慎嚴，寬以待人，熱心公益，熱善好施，擔任廟方主任委員，義勇消防總隊顧問等要職，出錢出力，頗獲好評。

父親與母親一生恩愛，深為親友所稱羨，共同打拼擴展事業，終至有成。父母為給我們更好的生活環境，勤儉持家，以身作則教育下一代，如此奉獻一生，使得我們自幼衣食無慮，緬懷親恩，永誌難忘。豈料天不假年，父親竟於一〇二年四月十九日上午六時與世長辭，享年八十二歲。

我們子女雖悲慟難捨，但知道父親將進入更美好和平安詳的境地，我們萬般不捨，但也知道定有相會再敘的一天，感謝父親無私為我們奉獻一生，以無限懷念的心意，誠心祝福相送，願父親步上極樂之境，心無罣礙，路途平穩順暢。

父親您安詳地走了，您的風範猶存，典型在夙昔。節屆蒲月，時維初夏，想起「樹欲靜而風不止，子欲養而親不待」，頓然悲傷之情湧上心頭，每思起反哺之恩，已無回報之日，為人子之思親、愧對之情於午夜夢迴時，不禁淚濕胸前，無限的哀思，不能或已。

我們以敬愛的父親為楷模，並為此教育下一代，將父親的遺愛溫情轉述下來，代代相傳。每思及父親辛苦的一生，常不禁潸然淚下。今天我們雖然心中充滿哀慟，但相信父親已帶著他今生的福報，追隨著菩薩，安詳的往生西方極樂淨土！您和藹的音容，留給我們永遠的懷念。

作者 /Kelly Ho

高貴的花藝老師

媽媽 - 王郭雪霞 1937 ～ 2009 生長於高雄市，為家中之長女，上有一位長兄，下有二位妹妹、四位弟弟。以優異的成績自國小畢業後，因食指浩繁只得中輟升學之路。

荳蔻年華，進入大新百貨公司任職，和爸爸成為同事。在一偶發事件中，爸爸英雄救美，讓媽媽心有所屬，情定終生，進入了王家大家庭。婚後不久身為王家長子、長孫的爸爸隨即入伍，媽媽也懷了大姐。除侍奉爺爺、奶奶外，叔叔們少不更事，長嫂如母，自是費心不少；另還需幫忙家族事業，加上我們陸續報到，承受的壓力與辛勞，真是筆墨難言。所以小時候的記憶中，媽媽總一刻都不得閒。

近十餘年來，繼而為家人又盡另一份心力，協助我們養育兒孫，是個慈愛且跟得上流行腳步的新潮阿嬤。爸爸乃典型的大男人，深愛著媽媽卻說不出口，以行動代替言語，帶著媽媽已遍遊全世界近 60 個國家。明年結婚將滿 50 週年的兩人，雖常爭執，却也形影不離。

待我們一一成家立業後，她終於有了屬於自己的時間，便開始學習插花，幾年努力不懈下，是位領有證書之教授級老師。還有報名長青學苑，彌補兒時的缺憾，重拾上學的熱情和樂趣，則是她晚年的重心。媽媽每次提著書包要去上課，臉上總是帶著愉悅的神情，相當可愛；更經常看她拿著英文書找孫女當老師，掛老花眼鏡盯電腦敲打，仔細的做筆記，至今皆歷歷在目。媽媽這一生的學歷並不高，但是她的學習力持續至人生最後階段，即使在最近過年時已經病況嚴重，她仍記得開學日，希望趕快將病養好。日前，當以微弱的聲音，向老師請假，可以聽出她對於不能上學，心中深深的無奈與失望。看在我們的眼裡，不捨卻無能為力啊！

媽媽一生的青春、重心全部奉獻在家庭。從小為擔家計，沒有童年可言；年輕時即為人妻、為人媳、為人母、為人嫂，份外操勞。等到可以稍作歇息時，未料身體的病痛隨之而來，五十幾歲時即檢查出肝功能異常，隨即就醫治療。她是個很聽話的病人，這些年勇敢、堅强的面對：配合著所有疼痛難耐的療程，從不說苦。

她不善言辭，不善交際，或許並沒有什麼豐功偉業，可是她用滿滿的愛來呵護、教導、豐富這個家及我們的人生，絕對是個無懈可擊的媽媽。

七十年的歲月，這一程走的辛苦，現就當是送您出國留學一樣，期盼學成換掉破舊的戲服之後，再重新粉墨登場，依然美麗、高貴如昔！

謹以此文追憶、紀念我們最親愛的媽媽

子女們 泣撰

由王傳宗肖像授權
圖 / 自由風視覺傳達有限公司提供

壯壯的吳吉拉

吳吉拉老先生民國元年出生於高雄市楠梓區，在家排行老二。吳吉拉老先生的父親在那個時代是擁有數十甲地的大地主，非常重視教育，除將體弱多病的么兒－吳吉拉老先生留在身邊照顧家裡田地外，其他兒女皆遠送日本就學。

吳吉拉老先生從日本時代的楠梓公學校畢業後，就忙碌著家裡的田地，早出晚歸，辛勤工作，鍛鍊出強健體魄，為父分勞，更侍親至孝，善待長工如家人，為鄰里所稱道。

吳吉拉老先生天資聰穎，精於珠算，日據時期，任職於楠梓米穀局，台灣光復後專職務農。民國四十五年當時台灣經濟正處開發階段，老先生眼看建築材料－紅磚，供不應求，毅然將政府實施耕者有其田政策換得的資金轉投資設立高雄縣地區第一家製磚工廠－安泰磚廠。以一介農民轉變成生產的經營者，以當時的資訊、資源條件之貧乏，就可感受到老先生創業眼光的獨到之處與勇於挑戰的過人毅力。

老先生育有三子三女，其早年雖然每日忙於農事或磚廠事業，仍然非常重視子女教育，兒女們亦不負所望，分別考取大學，多任公職，長男天送、參男阿賢分別於鐵路局、高雄市政府退休，次男名億任非拿股份有限公司派駐菲律賓經理，長女及次女皆相夫教子、勤儉持家，參女淑麗任職於銀行。內外孫兒、孫媳，亦皆學士、碩士、博士，多任職於公職教師、資訊工程師、飯店主廚。兒孫滿堂，多皆成家立業，貢獻社會。

老先生性格溫和、慈祥、和藹，晚年誠心向佛，一生仁義德行，令親友懷念不已。願老先生在天之靈平安喜樂，也庇佑子子孫孫獲得在座的貴賓提攜、栽培而更有成就，謝謝大家。

圖／妤 攝

當建築遇見詩人

「大江東去浪淘盡，千古風雲人物……」

一代建築師故 張公弘憲先生，民國三十三年四月十四日生於府城殷商家庭；自幼聰穎過人，才華洋溢，寫得一手好字語流暢的文筆，文質彬彬，人品出眾，而且通情達理，永遠扮演著領袖的角色。

弘憲先生一勤勉向學，從成功小學、台南一中到中原大學建築學系皆保持優異成績，尤其是大學畢業後，旋即考取建築師高考及都市計劃特考，這在那時代誠屬不易，即使今日，依然是件傳奇！耳順之年，仍好學不倦，秉持著終身學習的態度，完成文化大學建築與都市計畫研究所的碩士學位，著實令人敬佩。

弘憲先生二十八歲與夫人毛蓁蓁女士結為連理，是時郎才女貌，才子佳人一時傳為佳話。爾後在事業上，先生與夫人兩人胼手胝足，白手起家，育有一男二女博閔、嘉倫、嘉恩，在愛的教育薰陶之下，三位子女感情融洽，家庭和樂，在學業上、事業上成就非凡，成為人中龍鳳，堪慰先生在天之靈。

弘憲先生不但是個果斷、有膽識、有遠見、披荊斬棘、開拓疆土的企業家、領導者，也是個公益事業的推動者，更是生活中的詩人。

早年就職於省政府建設廳及高雄市政府工務局，建構了廣泛的行政資源與充沛的社會人脈，佐以獨到的眼光及旺盛的企圖心，開拓商機，一路奮戰，夙夜匪懈，不曾退怯。終於在高雄市的建築界崛起。民國六十二年六月六日，弘憲先生與其兄長張銘澤建築師於高雄市開設茂發兄弟建築師事務所，開啟了他在建築里程上第一頁。以其不凡的品味和格調以及浪漫不羈的情懷，全心投入建築設計的領域，一磚一瓦一世情，一筆一畫垂千秋，南方的天空，總是可以窺伺到他的影子，都市的角落，總是散發著他的獨特魅力，一代建築大師已然成型，從此奠定了事務所在高雄穩定的基業。

十數年後，由於業務日與俱增，事務所規模日漸擴大，遂於民國七十七年成立了張弘憲聯合建築師事務所，在他的領導之下，建立了一個具有絕對專業水準、並可信賴的建築團隊。

隨著事務所的發展，他更參與眾多不動產與營建業的投資與開發，讓他的事業有更上層樓的非凡成就。第一班建設的成立，隆大營造的重大投資，相關建設公司的彼此相互結盟，更開啟事業上璀璨的一頁。

先生滿腔熱血、胸懷壯志、豪氣干雲，「立德、立功、立言」，想在天地之間成就一番作為。因此在高雄市建築師公會理事長卸任後，任中華民國建築師公會全國聯合理事長，期間歷經九二一震災，帶領全國建築師群投入震災搶救與災後重建工作，先生的無私奉獻獲得了內政部獎章的殊榮。另為爭取台灣建築師的國際舞台空間，APEC 的成就更是經典之作。

此外，先生還擔任高雄市東區扶輪社社長及國際扶輪社二〇〇三年三五一〇地區年會主席，出錢出力，貢獻卓越，博得全體社友的敬重。同時擔任高雄市政府顧問、台南市政府顧問、高雄都會發展文教基金會董事長等職務，對於社會公益的推動，不遺餘力，因此其對社會之貢獻，實難以區區數語詳述。

有別於先生叱吒風雲、締造豐功偉業的形象，先生的內在卻也留著詩人的血液，饒富詩人細膩的情感和浪漫悲壯的情懷。

他崇尚日本文豪三島由紀夫的人生哲學「讓生似春花般的燦爛，讓逝如落葉般的靜美」。也欣賞集音樂家、文學家於一身的弘一大師，其「由絢爛歸於恬淡」的一生。所以，常自詡為弘二大師。

先生鶴髮童顏，英姿獨特，在生活上經常展現其浪漫風趣的一面，與友人聚會，酒酣耳熱之際，寫詩作俱，信手拈來，文采翩翩，常常是各場合上眾所矚目的焦點。

五年前就在先生人生最巔峰的時候，詎料，愛妻驟然離世，讓先生身覺是一生最大的遺憾。於是，先生參悟到「在浪裡、在峰上取捨應有時，行藏應在我」，而想效法陶淵明「不如歸去」，在萌生隱退之際，無奈卻身罹癌症，備受身心煎熬，折騰了四年，終不敵病魔，慟於民國九十七年六月五日凌晨二時，在親愛家人陪伴下，安詳寧靜地走完這一生，享年六十五歲。

由張家綸肖像授權
圖 / 自由風視覺傳達有限公司提供

回首前塵，生命中多少的風風雨雨，多少成、敗、功、過，多少褒、貶、榮、辱，都已隨先生的殞逝而煙消雲散，如蘇東坡在「定風坡」一詞中所云：「回首向來蕭瑟處，也無風雨也無晴!」就先生而言，已然不虛此生。

幕終將落下，揮揮手，不帶走一片雲彩，留給親友的只有千萬般的不捨、追思與感念。緬懷先生的風範，願以此文來祈禱弘憲先生揮別圓滿絢麗人生，歸佛世界，得享西方極樂之喜。

最愛的小天使

我們的小天使出生於台北市信義區民國 73 年 7 月 1 日，7 歲就讀於信義國小，13 歲時就讀於信義國中，畢業後考取北一女高中，並順利進入大學就讀，於課業之餘積極參與社會服務之公益活動，喜愛畫畫、勤練鋼琴，並通過五級檢定考試，深獲師長同儕肯定及讚許。

小天使生活簡樸，事親至孝，基於對警察投身社會公義，服務民眾之嚮往，毅然投考基層特考班，經台灣警察專科學校專業教育訓練後，分發台北市政府警察局派出所服務，任職期間，落實勤區工作，親力親為，維護治安，打擊犯罪，不遺餘力。

小天使平日與同事相處和睦，戮力從公，力求上進，學識涵養豐富，為人謙遜有禮，堪為同仁表率。並貢獻所得，從事公益，扶助弱勢，善心可嘉。因公殉職，得年 30 歲，實為社會警界之損失；親友、同事、舊誼聞耗，悲慟萬分，英才殞落，令人為之悼惜不已。

小天使個性溫和敦厚，對長官同仁謙恭有禮，氣質出眾，才德兼備。富正義感與同情心，正值發揮長才之際，奈何天不假年，不幸離世，願小天使在天之靈快樂逍遙，彩光引領，投入佛祖懷抱！

圖 / 妤 攝

希望

1962 年春，上帝將生息賜予大地，同時也將您灑落人間，沒有沃土栽種，靠著堅定的意志及自我要求，一路茁壯發芽，幾經風雨飄搖，從不認輸放棄，因為有陽光的地方就有希望。

從您挽起袖子，帶領我們一磚一瓦親手建立 HD 開始，我們就知道，這樣一個事必躬親、以身作則的董事長，將帶領我們走向不凡的未來。您對我們，時而如嚴父般鼓勵，時而像慈母般呵護；這些，我們筆墨難以形容、言語難以描述，如此雋永深刻、如此刻骨銘心！從您關懷弱勢，期許我們成為一個對社會有貢獻的人開始，我們就知道，這樣一個飲水思源、勤奮不懈的領導者，將成為我們心中永遠的典範。

您曾說過，HD 從社會上得到最寶貴的資產就是「人」，有幸成為 HD 最寶貴資產的我們，從沒說出口的是：您讓我們有身為 HD 人的驕傲；同時，從您身上，更讓我們學習到一個智者的處事態度，一種對生活充滿熱情，不忮不求的瀟灑。

2010 年春，上帝再度將生息的種子灑落大地，但，祂卻喚回了您，鳳凰木下，離情依依，來回擺渡，終須揮別；想念，只因為過去的回憶令人感動；流淚，是因為離去的身影只能追憶；揮別，您朗聲呼喚依然繚繞於我心；約定，鳳凰樹下守護著堅定的信念。

那時，一言一語，都充滿了您對社會的承諾與對我們的期待。這裡，一草一木，都代表著您對理想的堅持與對環境的愛護。謝天，曾經給予這樣深愛我們的您。您是 HD 人心裡永遠的溫暖與驕傲。

圖 / 妤 攝

基督教 - 榮弟兄

上帝的聖徒，榮弟兄，父親陳明，母親陳許惠，出生於嘉義，這是一個以務農為主的純樸村莊，榮弟兄有六個兄弟姊妹，排行老三，是家中長子。

聰明平穩，深得父母、姊姊的疼愛，一家人和樂融融生活在一起。榮兄十四歲時，到他親人所開設的藥行貿易公司學習，他個性勤奮努力、負責任、謙和有禮、忠厚講信用，深受親友的疼愛，也奠定榮兄日後在藥界穩定的基礎；榮弟兄 20 歲經媒說之言，和住台中縣呂小姐結為連理，婚後陸續生下了一男一女，2 年後搬到高雄市開設藥局，夫人一面顧店做生意，一面照顧兒女，而榮兄則擔任藥廠業務經理，榮兄夫妻倆勤奮工作、努力儲蓄；於是在民國 63 年成立了西藥行，也在中部和高屏地區從西藥大盤經銷，穩健經營，建立良好信譽。

榮兄不但在事業上經營順利，也有很美滿的家庭生活，榮兄是個有福氣的長者，在民國 95 年於美國教會受洗，成為基督徒，領受神的恩典。民國 96 年回台定居 2 年後加入台灣基督長老教會，在高雄市教會。教會的兄弟姊妹們感情融洽，虔誠竟愛上帝也成為榮兄夫妻晚年生活的寄託。

主後 2015 年 9 月 15 日上午 9 時 30 分，在長庚醫院，酣睡中平靜喜樂迎向神的懷抱，感謝主！榮弟兄成為天國子民，生命永不止息。

圖 / 妤攝

阿母的形影

日落黃昏
我又看到阿母的形影
捻著細細的線
一針一針縫著布邊
一針一針刺繡著七彩的花朵

圖 / 張家綸 提供

阿母阿
您真的離開了嗎
我真的好想再叫一聲 – 阿母啊

阿母啊
在您還聽得見時
為甚麼我不懂得好好珍惜

阿母啊
您年輕時那麼操勞
如今為甚麼不再多享幾年清福

阿母啊
做子女注定要送阿母這一程
但我就是捨不得讓您走

阿母啊
雖然再不捨也留不住您
但我要永遠留住您的身影
在我的心中
永遠永遠

兒子 量

文字阿公

2012 年初冬
台北城紛紛亂亂
手機響起 聽到阿公過身的消息
返去庄腳　走在田岸路

和風清輕吹置阮的臉
乎我
聞到小漢時的畫面
聽到古早時的記憶
靠賞的那碗麵　甲那隻腳踏車
是阮定定想起的代誌

現在阿公的豬朝已經是廢棄
只能寫下……「文字」
勾串起一幕一幕的過去
如今親朋友的關心
孟宗點點滴滴在心內
萬分感謝

圖 / 自由風視覺傳達有限公司設計提供

阿嬤 咱來去爬山

阿嬤，好久沒有載您去爬山了。趁著秋涼，我們去爬山吧。就決定舊曆八月十九日那天出發。這回很多人要一起去，您以前的老朋友、兒子、女兒、媳婦……統統要去唷！阿公走不動，不要讓他跟，留他一個人在家就好了。是的，阿嬤一定要梳妝打扮好才可以出門，不用急我們都會等您的。

您在擔心那些小曾孫腿短爬山跟不上嗎？放心吧，每一個孫媳婦都很懂事，會好好照顧他們。會的、會的、山上天氣較冷，每個都會多帶件薄外套的。可是阿嬤您自己可別忘記，也要多加件外套。這次我們去爬太平嶺，您沒去過的。那裡空氣好、景色佳。

順著太平嶺往上爬、往上爬，就可以到達美麗的天國。阿爸已經在那兒等您了，我已經燒香跟阿爸說好了，他一定會好好照顧阿嬤，就這麼說定了！

阿嬤，咱來去爬山！

長孫 安

作者 /Kelly Ho

給蓁蓁吾愛

今天是十一日你整整已離開我三天了，三天有如九個秋，為什麼妳還不再夢裡回眸，妳可知道我有千言萬語想要輕輕地告訴妳，然而莫非妳與秋風結伴悄悄地遠遊。此刻我才知道什麼是「別離」，我不禁感傷又那麼心痛，想起那被遺忘的回憶，淚是那麼透徹晶瑩。

長庚湖畔，憑欄佇立，仰頭不讓淚流下，冷淒凝視，那端景逐漸模糊不定，「訣別」極苦湧上心頭。

有情有義的結髮生涯，妳燃燒了自己，用盡了心力，嘔瀝了心血，喚回了浪子的心，楓紅霜飛，哪堪今秋泣，而妳那五十八載春秋糾結的華年，就如此私心撒手而去，迴懷斷腸的是這樣輕柔而無聲地走了。

今秋是一個悲傷的季節，芳華盛開的妳擁有那麼清秀可人的容顏，簡單乾淨的心靈，嫻靜寡語的氣質，與人為善，與世無爭的情操，悲天憫人的慈愛。

三十三年了，相親相愛，牽手結伴，胼手胝足，共度患難歲月，有悲傷，有歡樂，而妳總是那麼堅定柔勤。雙親有妳無微不至的照料，才得享天年，兒女有妳慈愛的呵護才能長大成器，有妳的細心哺育與溫馨叮嚀才能充滿信心成長，家裡有妳柔性美德才能充滿安樂，尤其在妳罹患腎衰竭重病時，那麼克制自己，痛楚獨自承受，有如苦行僧，六年堅決對抗病魔，那堪勇氣令人動容、不捨。

三十三年了，年復一年，妳無怨無悔的付出，直叫我感激涕零，有了妳的賢德，才能掩蓋我的一切劣行，光耀了我的前程，剛整理了妳的手札，了解妳的心境與感受，我低吟，我癡癡獨行在我們相階漫遊的小徑，感傷、後悔、流淚。

在這阻絕不再重返的日子裡，一切如果能夠重來，我將終生「要妳」、「想妳」、「愛妳」，我應該讓妳知道，我是多麼的在乎妳，妳是我永恆的情人，永遠的愛人，對妳的熱愛永不止息！

蓁蓁，從此一別不知能否相約重來，關起門扉，我為妳失色的花唇點絳，敷粉雙頰，親吻妳猶溫的肌膚，拭乾妳的眼淚，讓我涵義無多的身軀，代妳受命受罪，換起妳的健康與重生！

「端凝靜歛，美無遺憾，婦德無缺」是最愛妳的丈夫對妳永遠的讚美！

蓁蓁！容我為妳點燈，輕輕地呼喚妳的小名！

安心吧！我的至愛

弘憲泣吻上

圖 / 張家綸提供

Dear Dad,
I don't know to tell how much I love you!

人總是在失去後，才知珍惜，才知悔恨。這五年來，我們經歷了兩場喪禮，兩位都是我們摯愛的至親，這是多麼地痛徹心扉、多麼沉重的打擊，是上天開了我們好大的玩笑？當年替母親籌辦喪禮的記憶仍歷歷在目，現在彷彿一切又重演？不禁要問蒼天為何要帶走我們最愛的雙親？為何給我們如此嚴厲的功課，要我們快快成熟、快快長大？

這四年多來，父親是一位堅強的生命鬥士，勇敢地對抗癌症的侵襲，從不願麻煩子女、連累子女，獨自承受所有的病痛。看了父親遺留下來的手札，內心百感交集。其實，父親隱藏內心最深層的孤寂，尤其在痛失愛妻後，他更封閉自己的內心，看淡人世一切無常。

由張家綸肖像授權

親愛的父親啊！不肖的我，竟然沒能洞悉您的孤獨，讓您獨自承受一切痛苦。不肖的我，竟然忽略了您需要我的愛，沒能在您生病的時候常相陪伴，給予您我滿滿的愛。

「樹欲靜而風不止，子欲養而親不待」這是人生最痛切的懲罰！您與母親在人生最燦爛的時候，瀟灑地揮別我們，留下的是我們悔恨自責的臉龐。好多好多的「早知道」，在我內心吶喊呼喚著，為什麼？為什麼不讓我有機會多盡孝道，好好陪伴您？

出嫁時，父親不捨地牽著我的手，一步步緩慢沉重地，將我的手交給丈夫。那一份疼惜女兒愛護女兒的心，我沒齒難忘！願我能承襲您高風亮節的風骨，寬厚仁慈的風度，將您的精神延續到我的下一代。子子孫將永不忘記，曾經有您與母親兩位偉大無私的長輩，默默付出，不求回報，無怨無悔地提攜我們。

爸爸、媽媽，相信您們現在已經了無罣礙，在西方極樂世界享極樂之喜，請您們安心吧！我們一定會堅強勇敢地走下去。

永遠愛您們的女兒 綸

遠遊

「那美好的仗我已經打過了，當跑的路我已經跑盡了，所信的道我已經守著了。從今以後，有公我的守冠冕為我存留，就是按公我審判的主到那日要賜給我的，不但賜給我，也賜給凡愛慕祂顯現的人。」（提後四章 7-8 節）

陳哲先生於主曆 2016 年 2 月 10 日蒙主寵召，在世寄居 50 載。他不但是一個摯愛的丈夫、孩子的好爸爸，更是學校人人敬重的老師，樹立了良好的模範。讓大家好地懷念他、敬愛他。

哲
我永遠的情人於 2016 年 2 月 10 日在紐約辭世
青春歲月僅僅湊足五十
生命的終曲已悄悄奏恩典
上帝還算半開恩
讓我們攜手結伴快三十
一晃眼你悄悄地準備起程
一如往常帶著愉悅的心情
哼著你最熟悉的歌曲
穿上你喜歡輕裝遠遊
記得　為人間帶走些苦憂

愛你的情人

圖 / 妤 攝

博士老爸

我們最摯愛的老爸，一生辛勤的務農，早年經濟情況雖差，但撫育五名子女卻盡心盡力，為了讓子女受良好的教育，即使生活清苦，四處借貸籌措學費，並常訓勉我們，人窮志不可窮，子女們五人均深記在心，互相勉勵，大都完成高等教育，大哥不負爸爸所期望，更利用公餘之暇在職進修取得博士學位，讓爸爸深引為傲，美傳鄉里，而成為街坊鄰里間最佳典範。

老爸堅忍不拔的精神，不服輸的眼神，令身為子女的我時常惕厲自己。已七十餘年邁，深受骨刺之苦，但仍早出晚歸，守著從年少奮鬥打拼的一草一木，每望著他那佝僂的背影，讓我不禁潸然淚下，他總是那麼的內斂，那麼的執著，也如此的令人不捨！

爾今爾後，我們將更加珍惜親情，侍奉媽媽，彼此團結，心連心守住這大家庭。

女兒 莉 泣

圖 /Lynn 攝

感恩公公

那天看著公公的手，腫脹的模樣，訴說著主人過度的工作，手腳變形是農夫身份的代表。入殮前左手食指紮著膠帶說明公公時刻不停工作。

嫁至劉家近二十五年，每次回家，公公從不誤時，總是把農品家產一一準備好，所有各樣豐盛的農產品無不傳遞出他對子女們滿滿的愛。

強抿的嘴角，顯現出他個性的堅忍，深皺的眉頭表現出他對事情認真的思考。佝僂的背是一生辛苦流汗的最佳寫照。對孫子的嬉戲疼愛顯出他的赤子之心，對妻子病痛時的輕聲細語更表現出他的柔情。

情感內斂，不善表達，卻借酒表達他心中想要說卻不敢說的，也許酒是老爸一生難得的知己，但也因酒畫下人生的休止符。

從聖經詩篇 138 篇第 13 節，可找到人生的答案。

「我的肺腑是您所造，我在母腹中，您已覆庇我，我要稱謝您，因我受造，奇妙可畏；您的作為奇妙，這是我心深知道的，我在暗中受造，在地的深處被聯絡，那時我的形體並不向您隱藏。我未成形的體質，您的眼早已看見了。您所定的日子，我尚未度一日，您都寫在您的生命冊子。」

圖 / 妤 攝

謝謝您！老爸，因為有您，我們後代得享前人種樹後人乘涼的果實，這一生您節儉持家，努力打拼是台灣農業的小縮影，稱職演出各種角色，但求上帝接納您的靈魂，得享永恆日子，感恩。

媳婦 玲

人生的學分

如果人生是一堂課，人人所修的課題不同，那麼我們是及格過關？還是需要重修呢？

爸爸曾經在車上對我說：「我少年打拼到現在，好不容易有了自己的事業，卻在年老時什麼都不能享受，我覺得人生好沒有意義！」當時我有千言萬語想跟爸爸說，卻不知從何開口……。

聽姑姑說，他們小時候家境清苦，爸爸國中一年級，因祖父過世，就要出外工作，承擔家計，照顧一家人，因為家境困苦，姑姑從小送給別人當養女，但祖母和爸爸常抽空去探望她，從來沒有忘記照顧她。爸爸對祖母盡孝，對姑姑們關懷，是所有親戚心中的好模範。

聽姐姐和聖博說，爸爸從公有一職努力學習，認真做事，一路升到總務主任，到會計主任，而後自己創業，成就如今的崇誠。是員工的好老闆，客戶的好夥伴，子女的好爸爸，孫兒女的慈祥阿公。

地藏菩薩誓願：度一切眾生離苦得成佛後，自己才能成佛。這種成就他人，忘記自己的大願精神，我在爸爸身上看到了。爸爸一生都在盡力照顧遇到的每一個人，是大家心中三生有幸能遇到的好人。但卻忘記照顧自己，也至於沒能享得清福。

爸爸人生的這一堂課，在成就他人上，應該是高分通過了。從今以後，我們祝福爸爸能往西方極樂淨土，在那兒無有眾苦，但受諸樂，可以隨心所欲，得一切善法成就。祝福爸爸也能成就自己，身心靈至真、至善、至美。

媳婦 芬

圖 / 妤 攝

七兄弟

記得我們的兄弟衣嗎
記得我們的髮型嗎
記得一個什麼球都不會的男人被你操成球之神嗎（我本人）
記得我們最愛的米露嗎
記得我們上課睡到下課，被罰站的畫面嗎
記得拿健保卡出來刷的糗事嗎
記得聽演唱會的瘋狂樣嗎
記得這一群七兄弟們嗎

如果你忘了，我來幫你喚醒！

前幾天看到你，我真的甚麼話都說不出來，還好大家聊到你的開心事，才打破僵局，想著你還在旁邊，聽著我們說話，用著你習慣的口吻說著：你白癡喔！就想笑！

我們居然能在加護病房聊開，然後還唱歌，這是我們最快樂的時光。

有人選擇哭、有人選擇笑，也有人選擇沉默面對，不是哭的人才是最難過的，嘻皮笑臉的人也不是看你這樣高興，只是想藏住自己的悲傷。

圖／阿脩 攝

但現在的你，我們都知道你自己跑去找你喜歡的人開唱了，但願你別唱迷了，有空回來看看這些同學，告訴我們你一切都好，我們的祈禱你都知道，一定要繼續快樂到爆。

想你的七兄弟

DD 對主人的思念

門開了
進來的……已不是最愛我的小媽咪
JJ 哭著對我說　妳走了
我不懂 我只是……好想看到妳
想著妳對我的疼愛
牽我到處走、幫我洗香香、抱我睡覺覺
帶我看醫生、幫我換腳藥、寵愛我一生

妳伴著我　我陪著妳　心靈是相通的
有妳的日子……
我不是狗　我倒像人　我好幸福

沒妳的日子
阿公、阿嬤 看著我　想著妳
把我當成妳
像疼愛妳一樣的愛我、呵護我……
最愛的小媽咪
我過得很好　請不要掛念

謝謝妳對我無微不至的照顧
我會把這份愛繼續陪伴大家
如同妳對我的愛一樣
祝福妳　快快樂樂

好命狗 DD

圖 / 楊可合 提供

因為你們就是我們的榮耀，我們的喜悅

—《聖經》帖撒羅尼迦前書 2 章 20 節—

典藏傳記

它是一本值得珍藏的傳記，記載著家族文化的背景、精神的傳承、摯愛親人一生的故事等等。是一份延續親情的語錄，更是一份珍惜彼此的記憶，是一本非常有意義的傳家寶典。

※典藏傳記的製作意義：

1. 記錄文化背景　　　　2. 重要成就
3. 願望　　　　　　　　4. 座右銘
5. 圖像的珍藏　　　　　6. 文字傳承

阿嬤曾說：「人的一生最重要的是真實、不做壞事、過得快樂，這才是生命中最重要的事情。」

「典藏傳記」記錄一生的重要事蹟，不白來世間一趟，為自己留下一絲絲美麗的線索，讓子孫們將美好的故事繼續說下去……。也許多年後，我不在江湖，但江湖還在流傳著我美麗的奇蹟。

※典藏傳記的製作流程：

1. 收集相片
2. 親人的遺物
3. 拍攝現有的(書房、琴房、畫室、古厝、值得紀念的事物等等)
4. 進行採訪
5. 撰稿
6. 排版設計
7. 校稿
8. 印刷

將一張張的相片，一幕幕的影像收集，再將圖像與文字的結合設計，編纂成傳家的經典書籍，書籍可蘊藏著人生豐富的經歷，家族的文化精神、愛的教育、生命中的美好，使後代子子孫孫有所歸依。透過家屬們的用心，每一位看似平凡的親人都可以把他們的慈愛及偉大的價值寫入歷史，讓世世代代的子孫引以為傲，做最美的傳承。

圖 / 妤 攝

陳年往事 鳳中奇緣

有書不讀子孫愚

有田不耕倉庫虛

陳鳳：「人的一生最重要的是真實、不做壞事、過得快樂，這才是生命中最重要的事情」

作者 /Kelly Ho

僅將本書獻給我的母親 楊秀惠

一位偉大、堅強的女性

也獻給外婆所有的子孫

— 冠妤 —

目錄 Contents

作者 /Kelly Ho

我的母親

母親－陳鳳女士明治四十年七月三十一日生，長子楊勝田民國十五年出生。出生背景：外公陳尾是溝仔竹讓李老惟（外婆）入贅，育有五女二男，母親陳鳳為次女，約民國十三年父親楊金聲從溪北村到溝仔竹入贅與母親結婚，因為外公的長女、次女都招夫入贅，必須做無錢長工五六年才能獨立為自己家庭打拼。

母親在外公家裡是唯一受公（國小）學校六年教育的小孩。原因；是為了要照顧幼小的弟弟入學讀書，才能勉強讀書，但在家裡依樣要做家事，農事工作，聽母親說她常常利用上下學走路或梳頭髮的時間背課文，因為母親的用心而頭腦又好功課都是優等比弟弟和么妹功課好。

我父親是溪北村爺爺當過保正算是望族，但父母過世得早，所以才來溝仔竹做工渡日子，幸虧父親少年時在私塾就讀四書及醫宗金鑑研究藥方，幫自己家人或他人開藥方看感冒、小疾病等。因當時有這樣功夫又識字的人很少，所以母親才願意嫁給父親，而他們對子女的教育也比一般人用心。

母親勤勉工作與父親打拼，在我二年級就見木材瓦頂的房屋，對於當時來時是不錯的了。當時日本統治獎勵種甘蔗，守舊的農夫只種稻米收穫並不佳，而父親認真的研究，種甘蔗才能使經濟更好，民國三十年代又做過（保正）村長，母親會日語，又和警察、日本人、糖廠的人員相處融洽，獲得信賴才能租耕糖廠地種甘蔗。

九十三歲的生涯，由於母親的付出，讓家人、村里人們後代懷念不已。

長子 楊勝田

憶兒時

我的記憶裡，那是個快樂的童年，有著香香的水果園，和臭臭的豬舍真是強烈的對比，在外婆的晚年，可以快樂的含飴弄孫，有一群活潑可愛的孫子伴著她所以一定不寂寞，只是偶爾想起和外公生活的點滴，會到墓園走一走，也許那就是一種思念與回憶吧！

外婆的身體向來健康，記得小時候在外婆家，每天一大早她會到菜園採絲瓜或菜豆回來煮粥，那種菜香味至今仍然無法忘懷，之後外婆會先把自己的頭髮梳理得整齊，很漂亮，然後在幫我綁頭髮，這好像是每天必做的功課，我也習慣蹲在她膝下的那種感覺，慢慢品味那種被疼惜的溫暖。記得外婆常說：「可以就自己做，除非自己不能做。」當時他已經七十幾歲了，但那敏捷的身手，仍讓我覺得敬佩。表哥還說外婆的文筆很好，在他當兵時經常寫信他呢！

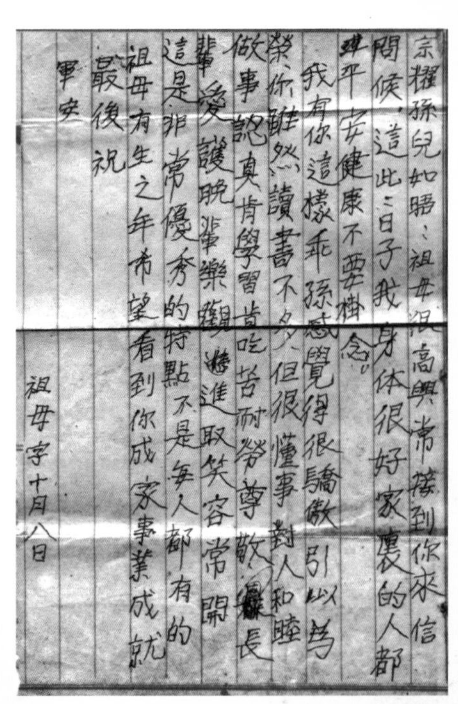
宗耀孫兒如晤：祖母很高興常接到你來信
問候，這些日子我身体很好家裏的人都
平安健康不要掛念。
我有你這樣乖孫感覺得很驕傲引以為
榮，你雖然讀書不多但很懂事對人和睦
做事認真肯學習肯吃苦耐勞尊敬長
輩愛護晚輩樂觀進取笑容常開
這是非常優秀的特點不是每人都有的
祖母有生之年希望看到你成家事業成就
最後祝
軍安
祖母字 十月八日

而讓外婆最自豪的一件事，莫過於她的子孫，超過百人以上，而且個個都是社會上的菁英，看得出外婆那種驕傲的眼神，滿足的表情，那時深深烙印在我腦海裏，那是很久很久以前的事了……。

阿嬤的特質

清晨的味道，蝴蝶的飛舞，和鳥雀們的熱情迴盪，多美！又是一天的開始，寧靜的菜園傳來輕輕的呢喃，這裡是農村時代女人聚集、工作的地方，也是女人發揮才能的一小部分，遠處隨風傳來的聲響，點個頭，柔嫩的笑顏走出菜園。

她就是「陳鳳」，出生於前民國五年，日本明治 40 年，那是一個傳統的時代，而她有著現代人的思想細胞，由於當時受日本統治，所以大部分人都受日本教育，外婆也不例外，由於受制傳統文化的影響，要走出個人獨特的風格並不是那麼容易，但我仍然視外婆為思想前衛的女性，在我眼裡，她具有日本人的優雅特質和美國人的活力，而外婆在自己的孩子心裡，更是一個充滿勇氣，堅強的女性，在日本人的眼裡，外婆展現著無限經歷與深具語言的能力，更具有台灣傳統美德的氣質。

「真實」這二字可以貼切的形容外婆，外婆她信守自己的價值觀，和藹、寬容是她的招牌，她認為對的事總是堅持到底，她的正直與教養可以和她的開朗幽默諷刺相容，不會讓她太過嚴肅，是一位相當認真的女人。

外婆有著非凡的特質。在學時她並不想特別突出；但她顯現出來的才華，卻是那麼的優雅而內斂。

圖 / 妤 攝

模範生

這是民國十二年七月的夏天，遠處校園傳來陣陣的嘻笑聲，彷彿訴說著可以在這裡跑動玩耍的小朋友，是一種無比的幸福！當然，在當時農村的社會哩，是個重男輕女的年代，能夠背著書包上學去，不只是一種幸福，更是一種幸運，而外婆有著幸福般的機會，似乎老天爺早就知道有這麼一位優異的女子，一定要好好的栽培她，每天外婆必須幫著弟弟背著書包上學去，所以她有機會就跟著陪讀，外婆也發現，這正是她發揮專長、才藝的天堂，更超乎父母及老師的想像，外婆能將老師所傳授的記得一清二楚，並說一口流利的日語，讓人不禁懷疑。她有著非凡的手藝、刺繡、織毛線，她的許多作品，仍是目前時尚流行的復古風潮，而「毛筆字」正是她展現才華的一部份，也證明傳統時代，女人不只是遵從三從四德，更可以是才華洋溢的。

當時的外婆，已是風雲整個校園的人物，更是代表學校參加各項競賽的人選，學校的模範生，更非她莫屬，因此，她 (外婆) 的學習精神，對於日後自己的小孩更有著深遠的影響力。

戲劇的婚姻 · 美滿的結果

"相差了 3、6、9 歲也可以是幸福的女人"

差一點就成為日本人的外婆，因為優異的成績，使得老師想收她為乾女兒，讓她繼續到日本學習深造，但由於外婆的祖父母根本就捨不得讓自己的孫女離開他們，到那麼遙遠的地方去，所以外婆只好放棄日本深造這麼好的一個機會，但外婆還是利用多餘的時間，研讀各種書籍、不斷的充實自己，讓外婆日後成為丈夫在商場上的好幫手。

在日據時代，十七、八歲的姑娘早應是結婚、生子的年齡，而外婆也不例外，十七歲時，父母親便將長得亭亭玉立的外婆，許配給人了，而外婆有著戲劇般的婚姻過程，但卻有美滿幸福的結果，而那個年代的婚姻都是由父母做主，女兒遵從，而外公正是在外婆家當長工的年輕人，由於當時外婆的弟弟都還小，必須入贅進來幫忙工作，沒有父母親、也沒有家的外公當然珍惜這樣的緣分，於是答應入贅的要求，而外公是一位知識飽滿的人，不僅精通漢文書籍，更利用下工之後的時間，勤讀醫學方面的書籍，幫貧困的人開藥方，日後更成為地方上的「保正」，也打破當時許多人覺得門不當、戶不對的想法，更破除在婚姻上相差 3、6、9 歲的迷信，由於外公、外婆的才能與努力，及堅持超越的信念，使得他們成為地方上的絕佳典範。

動亂的時代 · 堅持的理念

在傳統的時代，多子多孫，是一種幸福與驕傲，也是一種「觀念」。外婆有七個小孩，在她用心教導之下，個個都是優秀的人才。在第二次世界大戰，日本人戰敗，台灣光復之後，是極大轉變的時代，由國民黨執政，許多人接受大學教育，等於是個新時代的開始。

外婆非常重視小孩的教育，她常鼓舞著自己的小孩去發掘與強調自己的優點，及繪畫方面的才藝。特別是大舅 (楊勝田) 在繪畫、毛筆字方面，受外婆的影響很大，讓大舅成為一位國小老師。二舅 (楊勝興) 專攻於農產品技術研究，相當出色。三舅 (楊勝隆) 是一位獸醫。四舅 (楊勝彭) 更是商場上的高手。五舅 (楊勝培) 是體育老師及養殖業的專業人才，另外兩位女兒 (楊秀英、楊秀惠) 也都受過高等教育，知書達禮，其中一位便是我的母親，更是父親的理財高手。由於外婆的執著，讓每位小孩都必須接受高等教育，所以成就現在美好的一切。

春的投生

生命中的觸動・兩地相思

圖 / 吳淑珠 攝

在當時堅持與努力之下，樹立了永垂不朽的典範，更創造一大片的產業，使得外公得了一個封號「白手起家」，這也是人人崇拜與尊敬的地方。

由於外公的操勞過度，在 1972 年病逝於家中，享年 75 歲，這對於外婆來說，是一個相當大的打擊，經常陪伴她一路辛苦走過來的人，竟然先離開她而去，使得外婆突然失去了生活重心，更使得她必須重新面對新的人生，在過渡時期，家人因害怕外婆孤獨，所以母親讓當時才 3 歲的二哥跟外婆住，也許小孩子的天真能暫時讓外婆忘了悲傷吧！

於是在家人的安慰之下，外婆慢慢地拾起那悲傷的心，我想外公並未離開她，只是先去看看另一個世界罷了！他還是永遠留在她的心裡。「只是老天爺多了一位得力的助手」家人皆有同感。

外婆思念著，他們曾經相互扶持的景象，在她心裡，這將是一生中最珍貴的回憶。

落葉小調

不簡單的人生・簡單的路程

“我是天空裡的一片雲，偶爾投影在你的波心”……

遠處傳來的音樂聲，讓我不知不覺想起外婆的 RALIO，時常放著這樣有“年代”的歌曲，突然間電話聲叫醒我的思緒，但令我感到驚訝的是外婆跌倒的消息，一時間我不知何時才能回神過來。到了醫院，外婆躺在病床上，感覺精神上還好，但身體虛弱了點，心裡的感受似乎無法形容，因為像她這樣的年紀，那經得起跌倒呢？在家人細心的照顧之下，已能出院了，但仍無法下床，這也是我們擔心的一點，經過這一次的受傷後，竟讓外婆必須在床上生活幾年，有時真覺得不捨，接下來幾年，有一半在養護中心渡過，因為長期的臥病在床，使得必須有人 24 小時看護，雖然如此，但外婆的頭腦還是相當清楚，每次我跟母親去探望她，外婆總是高興的叫著我、跟我們聊天，但母親總是知道這樣下去情況只有越來越差，並不會有起色，每每母親總是一個人獨自掉下眼淚，心疼得握住外婆的手，我還記得每次去看外婆，必須帶的東西，便是苦茶糖，這一直是外婆喜歡的味道，所以母親一定會先把這樣一包苦茶糖準備好，還有“布丁”，也許以前的時代並沒有這樣的零食，所以外婆特別喜歡嘗試現代的東西。就在外婆過了九十歲，似乎每個人都害怕這樣的一個年齡，而外婆她經常說希望看到我穿著白紗禮服的樣子。但她卻沒辦法親眼看到，這一直是我覺得遺憾的事情。

對於死亡，就像看待她的生命，她都非常的實際。外婆並不覺得死亡可怕，那是人生自然的一部份。她對舅舅們說她希望在家裡走完人生的路程，她希望簡單、平靜的感覺。

「死亡」這兩個字，對一般人來說，是一種可怕的字眼，但對

外婆來說也許是找外公的一種理由。

就在西洋人團聚的日子，平安夜這一天來臨了，聖誕節的夜晚，我接到一通似乎捉弄人的電話，但那是永生難忘的一通電話，外婆於 1998 年 12 月 24 日、病逝於家中享年 93 歲，她長眠於住家附近一處鄉村的墓園。

外婆的過世對於母親來說，等於失去了精神糧食，母親一直不斷的自責與懊悔：當初應該那麼做就好了。外婆臥病在床，母親因家事與交通不便，一直無法每天探望相處，使得母親覺得相當遺憾，而耿耿於懷。至今母親仍會想到外婆為她所做的一切，與外婆的種種關懷。外婆的處世態度，時時提醒我們，了解自己的生命與心靈，用心去關愛身邊的一個人。

圖 / 妤 攝

靈感來自於愛

在一種不求回報的無私大愛中，為外婆的人生哲學寫下最好的註解，外婆留給我們的鼓勵是用愛去寬容與信任，這將是最值得我們懷念。我們會永遠記得外婆、記住她的慈愛、記住她的才華、記住她的付出與貢獻；雖然外婆已逝世，但我仍感受到她的精神與我同在；愈是了解外婆的個性及她的一生，我的心裡就愈懷念她，從外婆生活中的勇氣，以及她所克服的一切，更教我對處理事情的態度做出正確的決定，當愈了解她的歷史，愈能讓我更以宏觀的角度看待自己的生命。

最後在每個聖誕節的夜晚(平安夜)，希望每個家庭都能平平安安享受天倫之樂，而 1998 年的聖誕夜，將是我一生中最珍貴的「記憶」。

外婆：「人的一生最重要的是真實、不做壞事，過的快樂，這才是生命中最重要的事情。」

圖 / 妤 攝

謝詞

如果沒有朋友的建議及同事、友人親戚的指導與協助，這本書將無法完成，我要感謝大家的關心、提供資料、幫忙。

最後我還要感謝我的家人、親戚，特別是我的母親，他們的影響、鼓勵與歡笑是我生活喜悅的來源。因為外婆一生充滿愛；因為我的家人、我的生活也充滿愛，這本書是為他們所寫的。

（謝謝資料照片提供：楊勝田、楊宗耀）

圖 / 妤 攝

尋找靈魂的光

“希望藉由這本書的文字表達我對外婆的思念”

—冠妤

感謝小卡

感謝二字是最好的回禮，也是大家都喜愛的禮物，有著無限的溫暖謝意。在忙完一場人生最後的畢業典禮，是該感謝親戚、好友大家的關懷、體諒、協助幫忙。通常因為家屬帶孝在身，不方便一一答謝，因此可把想說及要謝的話透過文字放在答謝的禮品內或借由謝卡、海報來傳達謝意。

不同的宗教及年齡都可透過個性化的策劃、採訪，撰寫出不同風格的詞意來做答謝文。亦可加上圖像的元素來加以設計，讓感謝卡更添溫馨創意。

圖 / 自由風視覺傳達有限公司提供

安息主懷

微風徐徐　思念無期
在這段日子以來
我由衷感謝我所有的家人與親友們

如果沒有您們的幫忙與分擔諸事
我就盡不到這份孝心

祈望母親帶著祝福的羽翼
如蝴蝶翩翩　戴上生命燦爛的冠冕
飛昇到主的懷裡　永生安息

圖 / 自由風視覺傳達有限公司提供

當 K 書遇見音樂兄弟再見

兄弟啊！親友啊！
感恩　今生有緣在路上
共同擁有回憶永不忘
別在乎那一些憂和傷
今生有您們　我就不孤單

謝謝哥們一起並肩走過年少
謝謝大家的參與

讓我們再次擁抱　一起唱
有音樂、有您們的祝福陪伴
我就會瀟灑快樂逍遙天堂
兄弟再見

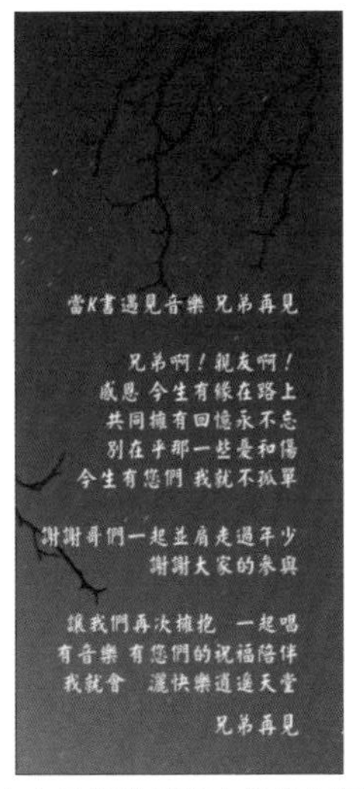

圖 / 自由風視覺傳達有限公司提供

善良的姊姊

山坡上的百合
渲染淡淡香味
朵朵如明亮的燈
伴隨著佛祖身旁

願妳一起
跨越彩虹天橋
飛往美麗淨土
快樂天堂

謝謝過去
一直鼓勵、照顧姊的親友們
祝福
闔家平安 萬事如意

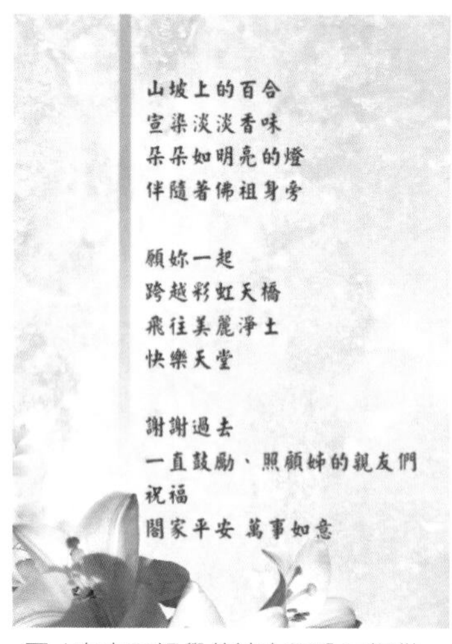

圖 / 自由風視覺傳達有限公司提供

感謝有您

美好的一仗已打完，那燦爛的回憶
將深鎖在大家的心底
過去共同的話語，並肩走過的歲月
溫暖的點滴　將永無止息

感恩在這段期間大家的協助
讓爸爸的最後一程　恩典慈愛流世
家屬因治喪期間不方便登門一一答謝
全體再次以感恩的心　謝謝大家

圖 / 自由風視覺傳達有限公司提供

謝語

燃燒自己
照亮別人
我們的母親

在黑夜裡總有您點亮的燈火
一季又一季
將生命織出美麗的節季

感動　滿山花祭
優美的樂音
讓典禮更臻完美　順心
祝 閤家安康　幸福圓滿

圖 / 自由風視覺傳達有限公司提供

愛・不同凡響

謝謝大家給小英勇氣
因為愛 她擊退害怕
因為愛 她戰勝病魔
因為愛 她不同凡響

因為主
跳躍到生命的更高處
曙光點亮彩虹的道路
超凡的安樂幸福塵土
祝福英繼續她愛的旅程

採思集

紅豆生南國、春來……此物最相思。

從事殯葬禮儀事業將近 20 年，深覺殯葬領域需要一些藝術、文學來融入這既陰森又可怕的行業，希望讓殯葬不再是禁忌，而是溫馨、感動的氛圍，於是一系列的採思集就此而生。

採思集～顧名思義是可隨意採用，可自由運用於：追思海報、謝卡、訃聞、紀念光碟、傳家寶典的編輯、祭台海報文字、牌樓文字等等參考。透過文字的交流，讓我們感受到時空背景的冷暖、季節的味道、笑容的溫度、還有一份份的真愛，讓每一場告別式不僅溫馨，更呈現出藝文的氣息，讓亡者在人生最後旅程有尊嚴的畫下最臻完美的一頁。

圖 / 阿脩 攝

✽ 因為愛　開出思念的花　一句話　說出感謝您心裡的話

✽ 沒有一種言語可以表達出此刻的榮耀　精彩的人生

✽ 孩子般的笑靨露出妳的純真甜美
天使般的氣質雕琢出妳的優雅溫柔

✽ 對妳的愛如湧泉　永不止息

✽ 那記憶的細網　深深地攏住思緒　交織在有妳的過去

✽ 姊妹之情　比沐浴在晨曦中的百合花更香、更美

✽ 絢麗的人生　是媽媽最美的贈予

✽ 一句話、一個動作　滿桌佳餚話溫馨

✽ 傘下　美麗的笑容　如陽光般燦爛　睿智　開朗　無以比擬

✽ 憶起　滿山翠綠　懷念　我們之間的話語

圖／阿脩 攝

圖 / 妤 攝

✽ 有妳的記憶　是一齣永不落幕的戲

✽ 讓歡樂的記憶　跨越永恆　使每個片刻都珍存

✽ 人間最大的快樂　莫過於含飴弄孫　金玉滿堂

✽ 慈祥的阿嬤　您的關愛是我心中閃耀的明燈

✽ 您無私的愛　讓我們的心靈充滿了親情的滋潤

✽ 用生命燃燒愛的燈火　用愛心照亮身邊的每一個人　我們的媽媽

✽ 暖暖微風　喚醒我們的記憶、歡笑、言語和那仁慈和藹的身影
阿公　我們永遠懷念您

✽ 柔柔的春陽　灑下暖暖的光芒　在人生的旅程中
有幸與你相知相守　我們並不寂寞　珍重了！摯愛

✽ 還記得　相聚的時光　有你有我　是最美　也最珍貴
懷念那一頁最甜美的回憶

✽ 在入春之際　在晨光之中　化祝福寄予微風
傳遞于翱翔寬廣天空的你　自在修行去

✽ 時間轉動著今生的緣分　苦澀甘甜　走過的路
一幕幕在夢中　一切盡在不言中

✽ 如果　歷史重來　花樣年華依然存在
走過人間喜樂　分享生命中的每一天

✽ 歲月的片段　滿滿的溫情　無論時間的輪轉
所有的記憶都將是一種無暇的美麗

✽ 回憶景中情　溫暖思念心　真摯的關懷
溫情的守候　最親愛的婆婆

✽ 分享生命喜悅　承載生命至愛　母親您是全家的明燈與南針

✽ 人生的美與希望　就在阿嬤的　金玉良言　子孫滿堂
歷史最美好的贈予

✽ 憶起 柔情的詩篇　恍如　美麗的昨日　懷念樂園的時光

✽ 當春天已過　夏日來臨　我們會將淚滴收藏在心底
與父親您相約再到從前的記憶

✽ 想起　湖畔邊的歡笑　暈染我們思念的心房
那光澤細柔的詞句　將是最美麗的回憶

✽ 記憶的微光薰染我的心房　想念母親的話遙寄于星光

圖 / 梅香 攝

圖 / 妤 攝

✽ 翻開泛黃的記憶　懷念一起走過的足跡、歡笑、言語

✽ 學海無涯　智慧、才學、認真、負責是爸爸永遠的魅力

✽ 黑白的記憶　純樸的農村氣息　記載雋永深刻的故事

✽ 爸爸　您是我們人生的活字典　處世的教科書　我們將永記心底

✽ 流金歲月將編織成一篇美麗的詩畫

✽ 阿嬤　像是一朵太陽花　照耀　孕育著　我們的童真歲月

✽ 優美的小提琴　帶來動人的樂音
琴曲的旋律　演奏最美妙的回憶
猶記　那最美的甜蜜

✽ 回憶與未來的紐結　歌聲與淚水的分界
輪轉的晝與夜　我的慈愛

✽ 歷史　進入你的巷道　我的心和你的聲交融
第一道亮麗的晨光　照亮花樣年華的綺夢

✽ 記憶的花瓣　永不會開放　但芬芳卻在我們之間飄動

✽ 陽光照亮你的容　月光畫出你的影　黎明喚起我的夢

✽ 天生的風采　天生的優雅　集美麗於一身的溫柔好媽媽

✽ 傳說和故事已然老去　深知在每個角落　只有倩影依然在心底

✽ 人因書而「智」因學而成「慧」黃花綻放　好學而不倦的母親

✽ 她是60年代理想主義浪漫派的重生　讓人眷戀的奇蹟

✽ 音樂的流轉　跳耀的春光　乘著色彩的羽翼　奔向無盡的天空裡

✽ 生命的追憶　陽光的洗禮　仁慈的心　永留我們心底

✽ 河水在夕陽裡緩流　暮霞參與我們的私語
找尋記憶裡最美的夢境　秘密花園

✽ 阿嬤說愛像一則預言　平安、健康、快樂

✽ 今夜月明人盡望　但思母親菜根香

圖 / 妤 攝

✽ 在春風不再回來的那一年　在入秋之際等待的那一天
愛是唯一的榮光

✽ 我種下一長串的思念　為你　每個清晨與夜晚
看思念開花　綻成你的模樣

✽ 生命的延續　精神的傳遞　譜成人生最美的樂音

✽ 生命如果是減法　那記憶就是加法
記錄著精彩的劇本　豐盈心靈

✽ 初夏的夕陽　如同妳溫柔的吻　喚醒初戀的甜蜜

✽ 在時光的長廊裡　與您相遇　將是一生最美的戀曲

✽ 款款的笑語　相契的心靈　我的牽手桂姊

✽ 南方的天空　矗立著他的影子　都市的角落 瀰漫著他的魅力

✽ 打開兒時的記憶箱　阿嬤就像「竹箍」　緊緊的將我們圍在一起

✽ 徐徐的風　夾著海的味道　沙灘上灑落愛的光芒
猶記一同刻劃歲月的足跡　熟悉的旗津港

圖 / 妤攝

✽ 淡淡的雲朵　輕輕飄過天際　抬頭望天
彷彿看到你給的記憶　就像一本臻藏的舊日記

✽ 「一枝草，一點露」是父親賦予我們永續傳承之精神

✽ 「一份情，一份惜」是您所給予的疼愛　願主的愛與您同在

✽ 若星星是黑夜的眼睛　阿公就是我們心裡的明燈　達觀智慧

✽ 您的人生像一本本的詩集　長存我們的心裡
您那才德兼備的能力　將是我們最美的回憶

✽ 好學不倦　盡忠職守　化工界的翹楚　美譽商場
名揚海內外　永留芬芳　我們敬愛的父親

✽ 學海書田育英才　處世遺經教子孫　腹中貯書一萬卷
心輕萬事如鴻毛　處世率真　我的母親

✽ 踟躕故鄉里　思恩滿天際　最引以為傲的人生導師　我的母親

✽ 記憶猶新的樂音在心靈　意識喚醒 再次聆聽　那己飛走的夢境

✽ 許多的記憶不只停留在泛黃的照片裡
還有留聲機傳來望春風的聲音　懷念的旋律

圖 / 妤 攝

✽ 福手先人種　心田子孫耕　回歸生命的最初　寫下滿心溫情種

✽ 一肩擔起多少事　雙腳踏遍貿易途　力挽狂瀾
造就合板一片天　平凡中創造不平凡

✽ 朝朝是關懷　暮暮是疼愛　期盼子子孫孫是將才

✽ 我將用思念的話語　織成一串珍珠鍊墜　作為對妳永恆的懷念

✽ 暖冬　賸存的回憶　繾綣我無盡的相思
習慣有你陪伴的日子　想起我們走過的足跡

✽ 樹欲靜而風不止　子欲養而親不待
請原諒我們所犯的過錯　使您哭泣的時候　千言萬語　愛您

✽ 您說人民保姆　不只是一份工作　更是一份責任
以您為榮　保國衛民的爸爸

✽ 以正氣還天地　有功勳於國家　公正無極權
公正無偏理　公正無私　情志在保民

✽ 行走萬里路　體驗塵緣事　領悟生命的真諦　達觀

✽ 勤耕生命靈田　得身心之恬靜
悟境覺曉花竹間　禪心靜地白雲裡

✽ 無極無聲參佛性　紅塵不染慧禪心
笑看菩提人世間　深信諸佛皆充滿

✽ 有緣修佛心　得性靈般若
妙音禪心田　終悟菩提果

圖 / 吳榮哲 攝

謝誌詩

遙望無盡的山巒，頓悟大自然的詩語

霧氣迷漫滿山野花，彷彿置身于山水畫裡，微風徐徐躲入白雲飄出花朵，鳥兒跳躍樹梢高歌詩曲，細雨毫不留情的在天空譜出哀愁的詩句，只有百花盡情綻放不同風姿詩念的話語。

祈願用一串串的詩集來回憶一生，來紀念你。我們逝去的摯友們……。

感恩天命，讓我認識生死學、讓我認識詩的世界，讓我找到生命的價值，聽見內心的聲音，看見自己的非凡，進而讓心靈更昇華、更有創造力。

完成這一本《用詩祭念你》內心感到無比的放鬆，終於可以把多年的手搞整理完成，分享給大家。一本結合眾多家屬的心情故事、心靈的文章、感動的話語，珍貴的一字一句，非常感謝提供這些資料的朋友、家屬，還有感謝在身旁鼓勵我的家人、親友、因為大家的支持是我堅持下去的理由，更要感恩 - 屏東屏邑德智殿朝光師父的不斷指導、不斷的鼓舞，讓我在徬徨無助時，不氣餒勇敢的前進。

也因閱讀日本佛學大師松原泰道 (105 歲) 的「般若心經入門」書中文章說道：我的人生是從 50 歲才開始，50 歲之前都是為別人而活，50 **歲以後才實現自我創造最有價值的階段**。也因這句話激勵了我。

人生就是一關過了又一關，關關難過總是關關過，很慶幸我跨越了自己的關卡，相信很多人和我一樣曾面臨各種困局而過不了關，分享給大家，雖然是一句很普通的鼓勵話語，但真的很受用「天下無難事，只怕有心人」。

願　大家用詩來祝福

而我　用詩來寫生命的故事

作者 /Kelly Ho

用詩祭念你

作　　者：何冠妤
發 行 人：Kelly Ho
總 編 輯：林綜脩
責任編輯：林清瑞
美術編輯：顏碧玲
行銷企劃：陳品樺
校　　對：洪綺真
法律顧問：天理法律事務所　蘇盈貴 律師

出 版 者：告別狂想藝文智庫網有限公司
地　　址：高雄市仁武區勇全路 216 巷 6 號
電　　話：(07)374-3439
網　　址：https://www.ffattn.com.tw/
電子郵件：ffattn13@gmail.com
銀行帳號：017-018-0011409-3 (807 永豐銀行 - 三民分行)
戶　　名：告別狂想藝文智庫網有限公司

出版日期：2022 年 09 月 初版一刷
訂　　價：新臺幣 390 元

國家圖書館出版品預行編目資料

用詩祭念你 = In memory of you with poety/何冠妤著. -- 初版. -- 高雄市 : 告別狂想藝文智庫網有限公司, 2022.09
面； 公分
ISBN 978-626-96622-0-3(平裝)
863.51　　111015353

總 經 銷：大和書報圖書股份有限公司
地　　址：新北市新莊區五工五路 2 號
電　　話：(02)89902588　FAX：(02)22901658